月曜日の抹茶カフェ

青山美智子

Michiko Aoyama

宝島社

月曜日の抹茶カフェ

青山美智子

宝島社

目次

1

月曜日の抹茶カフェ

（睦月・東京）

きっといいことがありますようにと手を合わせる私の願いは、いったいどこに向かっているのだろう。

とりあえず、ここは神社だから今は神様に向かって。たぶん。

でも神様ってどこにいるんだっけ。この賽銭《さいせん》箱のあちら側？　空の上？

それとも。


一月も半《なか》ばに差し掛かっているけど、年が明けて初めてのお参りだから、これが実質「初詣《はつもうで》」だ。

私はショッピングモールの中にある携帯ショップで働いている。年末年始、モールがずっと営業していたので私たちにお正月休みはなかった。交替で短時間ずつの出勤にするという工夫はしてもらえたものの、私のような独身者は家庭持ちに休日を長めに譲り、積極的にシフトを入れていた。

お節《せち》料理の準備を手伝う余裕もなく「二十六にもなって美保《みほ》は」と親に文句を言われたけど、働き盛りなんだから勘弁してもらおう。子どもの頃からメカメカしいものが大好きな私は、携帯電話に関わる自分の仕事がぜんぜん嫌いじゃない。

ただ、一月はいつもと勝手の違うシフト表のつくりになっていて、見方を間違えた私は今日、休みなのに早番出勤してしまった。それはなかなかにがっくりくる出来事だった。

ああ、せっかく朝寝坊できる日だったのに。昨日だって夜更《よふ》かしできたのに。そのまま帰る気になれず、私はモールをひとまわりした。でも、何をしてもうまくいかない日ってあるものだ。前にチェックしていたダウンジャケットを買おうかなと洋服屋に寄ってみたけど売り切れ。気を取り直してファストフード店に入ったものの、ポテトにつけてもらったケチャップをこぼしてニットの袖《そで》を汚してしまった。トイレの洗面台でケチャップを流し、拭《ぬぐ》おうとしてハンカチを忘れてきたことに気づく。

まったく今日はツイてない。もともと運のいいほうじゃないのに、輪をかけて不吉な日。もしかしたら、まだ初詣をしていないせいかもしれない。モールから神社までちょっと歩くけど、お祓《はら》いもかねて行ってこよう。

そう思ってお参りしながら、ふと、マーブル・カフェのことを思い出した。

神社の近くにある川沿いの道をまっすぐ行って、桜並木が途切れたところにぽつんとある小さな店だ。居心地がよくて、さわやかな好青年の店長がいて、インテリアやカップのセンスがすごくいい。そしてもちろん、コーヒーも紅茶も美味しい。早番のときにたまにしか行けないけど、私にはとっておきのお気に入りのカフェだ。そうだ、こんなツイてない日は、大好きな店で過ごして気分を上げていかなくちゃ。

花も葉もない、裸の枝が伸びた桜の群れを横目に歩く。

口元までくるんだ赤いチェック柄のマフラーに、自分の息がかかる。コートのポケットの中、かじかんだ手が冷たかった。

樹々の陰からマーブル・カフェの庇《ひさし》が見えてきた。早くお店の中に入ってあったまりたい……と、思ったところでハッと足を止めた。

今日は月曜日。そういえば、マーブル・カフェの定休日だ。

やっぱりツイてない。せめてもう少し早く気づいていれば、ここまで歩いてこなかったのに。もうすぐ着くっていうところでやっと思い出すなんて。

はーっと大きなため息をつき、引き返そうとしたときにカフェのドアが開いた。

私は目をこらす。ベリーショートの女性が出てきて、こちらに歩いてきた。私より少し年上だろう。アッシュブラウンに染めた髪が艶《つや》めいている。

「あの」

すれ違いざま、私は思い切って声をかけた。女性が切れ長の目をこちらに向ける。

「マーブル・カフェ、お休みじゃないんですか」

私の問いに、女性は「ああ」とちょっと笑った。

「お休みだけど、やってますよ。行ってみたら？」

耳に心地よい、ハスキーボイス。わ、すてき、と思っているうち彼女はすたすたと行ってしまった。

言われたとおり、私は店の前まで歩いていき、窓からそっと中をのぞいた。カウンターにも客席にも、まばらに人影が見える。

ノブに手をかけようとして、ドアに目が留まった。マーブル・カフェと描かれたプレートの「ーブル」の三文字のところに白いマスキングテープが貼ってあって、黒いマジックで「ッチャ」と書かれているのだった。マッチャ・カフェ。

抹茶カフェ？　なんの冗談だ、こりゃ。

リニューアルにしては雑すぎるそのプレートに首をかしげていると、ドアが開いた。ひょこっと、小柄なおじさんが顔を出す。

「どうぞ」

おでこの大きなほくろを見て、マーブル・カフェで一度見かけたことがあると思い出した。あのさわやかな店長からたしか「マスター」って呼ばれていた。でもカウンターでスポーツ新聞を広げているだけで働いているって感じはなかったから、あだ名かもしれない。

ほくろのおじさん……マスターが、言った。

「今日だけ、抹茶カフェなの。抹茶が嫌いじゃなかったら、どうぞ」

抹茶は大好きだ。抹茶ラテ、抹茶プリン、抹茶アイス。私は救われたような気持ちで店の中に入った。

店内にはマスターの他に、奥のテーブル席にカップルが一組、カウンターの中に紺の和服姿の男性がひとり。私はカウンター手前のテーブル席に座り、コートを脱いだ。ともあれ、やっと人心地がついた。体も舌も目も、あったかくて甘い、ミルキーグリーンの抹茶ラテを求めていた。

「いらっしゃいませ」

和装の男性が水の入ったコップをテーブルに置き、メニューを差し出す。厚紙の上に載った和紙に、筆でこう書かれていた。

濃茶《こいちゃ》　一二〇〇円
薄茶《うすちゃ》　七〇〇円
どちらも和菓子付き

戸惑った。

抹茶ラテとか抹茶プリンとか、そういう感じじゃないんだ。けっこう本格的。

「…………えっと、これだけですか」

「はい」

注文を聞きに来たくせに、あさっての方向を見ている無表情な顔。顎《あご》が細くて鼻筋がすうっと通っていた。私より五つくらい年上かな。いかにも和服を着慣れていて、ちょっと気取った若旦那って風貌だ。

若旦那はそっぽを向いたまま私の答えを待っている。私はメニューに目を落とした。プリンはなくても、和菓子だって悪くない。濃茶と薄茶の違いはよくわからないけど、高いほうが美味しいに決まってる。初詣してきたところだし、お正月っぽく年始の開運祈願っていうことで、ここはちょっと奮発しよう。自分への応援だ。

「じゃあ、濃茶で」

そう言いながら顔を上げると、ぱっと目が合った。すると若旦那はすごい勢いで顔をそむける。そして低い声で「濃茶ですね」とつぶやき、そそくさとカウンターに向かった。

そんなに嫌がらなくたって。あまりにもあからさまな態度に、傷ついて気が沈む。来るんじゃなかったかな。私はぐるっと店内を見回した。

マスターはカウンターでスポーツ新聞を広げていた。あのときと同じだ。

カップルは穏《おだ》やかに、小さな声で何か話している。遠目の印象では若く感じたけどよく見ると三十代後半ぐらいで、互いの左薬指にシンプルなリング。夫婦か。

いいなあ。信頼し合って安定した関係。私だって、いつか誰かと出会って、恋に落ちて、あんなふうに……。

幸せそのものの夫婦をとろんと見ている私に、カウンター席からマスターが体をこちらに向けて話しかけてくる。

「マフラー、落ちてるよ」

あ、と下を見たら、膝にかけていたマフラーが床でくったりと横たわっていた。拾い上げていると、マスターは続けてこう言った。

「よく来てくれてるの？」

来てくれてるの、っていうことは、やっぱりここのオーナーらしい。

「たまにですけど。今日は定休日なのに間違えて来ちゃって。こういうこともされてるんですね、一日だけ抹茶カフェとか」

「うん。定休日とか閉店後とかに、時々イベントやってるんだ」

知らなかった。マーブル・カフェはすごく素敵なのに、広告も打たないしSNSもやっていない。

「ホームページとかツイッターで告知しないんですか。イベントやってるならなおさら、情報提供したほうがお客さん来るのに」

マスターは、唇の端を片方きゅっと上げて、ふふん、と鼻をならした。

「なりゆきで行くことになったとか、知らなかったけどどういうわけか来ちゃったってほうが面白いでしょ。まさに、今の君みたいに」

「ご縁、ってことですか」

私が言うとマスターは、「まあ、そうだね」と人差し指を立てた。

「人でも物でも、一度でも出会ったらご縁があったってことだ。縁っていうのはさ、種みたいなもんなんだよ。小さくても地味でも、育っていくとあでやかな花が咲いたりうまい実がなったりするんだ。種のときは想像もつかないような」

私は手に入らなかったジャケットを思い出し、切り返した。

「でも、せっかく出会っても一回きりで、育たないで終わっちゃうことだってあるじゃないですか」

「それは縁がなかったんじゃなくて、一回会えたっていう縁なんだ。ひまわりの種を食べるみたいにね。それはちゃんと身になってるし、食べたっていう経験が何かしらの形で次に繋がるかもしれないだろ」

ひまわりの種。食べたことないなと思いながら首をひねっていると、マスターはへろっと笑みをこぼす。

「まあ、今日のコレは利益じゃなくて冗談でやってるみたいなもんだし。だからお客さんがどれだけ来てくれるかは、別にいいの。月曜日の抹茶カフェへ、ようこそ！」

ほんとに冗談だったのか。

むぅ、とうなっていると、若旦那が黒塗りの盆を持ってやってきた。

「お待たせしました、濃茶です。和菓子は寒牡丹《かんぼたん》となっております」

イントネーションが西っぽい。関西出身の人なんだなとわかる。

寒牡丹と名付けられた和菓子は、きれいなピンク色の練《ね》り切《き》りだった。フリルみたいなひだの中央に、黄色いおしべがのぞいている。

「いいねぇ。厳しい寒さをこらえながら、力強くつぼみを開かせようとしているのが実にいい」

マスターはそう言うと、カウンターのほうへと姿勢を戻して新聞をめくった。

夫婦が席を立ち、若旦那がレジに向かう。奥さんがレジ脇に陳列《ちんれつ》されていたお茶パックに目を留め、ひとつ買っていった。ふたりが出て行ったあと三人だけになった店の中で、私は少しの間、その可憐《かれん》な花の和菓子を愛《め》でた。

そして隣にある濃茶。名前のとおり、ものすごく濃い緑色。茶碗《ちゃわん》を両手で持ち上げると、どろりとした質感でペンキみたいだ。こんなの、初めて見た。

どんなに美味しいだろうと一口飲んだ瞬間、私は思わず茶碗を唇から離した。

ぶへっ、とこらえきれずに変な声が出る。そんなに大きな声じゃなかったけど、他に客のいない店内で妙に響いてしまった。

強烈。苦いとか渋《しぶ》いとかじゃない。どんな言葉で表現していいのかわからない、えぐみのきつい未知の味だ。マスターに「お菓子、先に食べるんだよ」と笑われ、私はあわてて和菓子切りで寒牡丹を半分に割り、口に入れた。もっと優雅に食べたかったけど、仕方ない。

口の中を寒牡丹で甘くしてから、再びチャレンジする。さっきよりは耐えられそうで、この奥深さを理解することができたらと思ったけどやっぱり難しい。なんの苦行だろうと目を白黒させつつ、千二百円もすることを考えると残すのもシャクだった。

コップの水をごくごく飲んでいたら、カウンターから着信音がした。若旦那があたふたとスマホを手に取る。

「え？　んん？」

若旦那が焦った様子で画面に指をあてたり離したりしている。私は思わず声を上げた。

「上にスワイプすればいいんですよ」

「スワイプって？」

若旦那がすがるような目を私に向けた。

「画面に指をあてたまま、すーっと上に滑らせればいいんです」

着信音が切れてしまう前に電話に出られたらしい若旦那は、ほっとした様子で相手と話し始めた。うん、うん。いや、僕からはかけてないよ。

スマホ初心者によくある光景だ。かかってきた電話に出られないこと、知らない間にボタンが押されて誰かに電話がかかってしまうこと。

私はひとかけ残してあった寒牡丹を口に入れたまま、濃茶を必死で飲み干した。せっかく自分を上げるために高いほうを選んだのに。本当に今日はどこまでツイてないんだろう。

電話を切った若旦那に、マスターが問いかけた。

「親父さん？」

「はい。どうも、こいつが勝手に電話かけたらしいです。それで折り返しが」

若旦那は憎たらしそうにスマホを指さした。

「二週間前にとうとうガラケーから変えたんですけど、使いにくくてほんま腹立ちます。やたらアップデートがどうのこうのってやかましいし、言いなりにしとくと勝手にアプリの状態が変わってて逆に調子悪くなったりもするし。最新の新品、買ったはずなんやけどな」

いてもたってもいられない気持ちになって、私は言った。

「スマホって、そもそも最初から最後まで未完成なんです」

若旦那とマスターが、一緒になってこちらを向く。

「私、スマホを扱う仕事をしていて、毎日毎日感じるんです。スマホ界って常に動いてるんですよ、新しいウィルスが出てきたり、通信状況が安定しなかったり、世の中のニーズが変わってきたり。どんどん変化していく環境に適応していくために、スマホもちょっとずつマイナーチェンジしていく必要があるんです」

マスターが「ふむ」とうなずいた。勢いづいて私は続ける。

「たしかに、残念ながらアップデートしたことで不具合が生じたりすることはあるんだけど、長い目で見ればそういう失敗を重ねて少しずつスマホの存在自体が改良されていくんですよ。本体を替えなくても、そのままの姿で新しいことにトライしたり、できることが広がったりするって、すごく素敵なことだと思うんです。生きてるみたいな感じがするんです。もう、かわいいヤツめ、って思います」

そこまで言って、私ははっと口に手をやる。しゃべりすぎた。スマホのことになると私はすぐこれだ。悪い癖が出た。

若旦那はふと目を伏せ、静かに言った。

「…………おうす、飲まれますか」

「おうす？」

「薄茶のことです。一般的に馴染《なじ》みのある泡立った抹茶のほう。普通に飲みやすいと思います。電話の出方を教えていただいたお礼に、サービスで」

するとマスターが私に視線をよこし、さらりと言った。

「お茶点《た》てるとこ、見せてもらったら」

「いいんですか？　見てみたいです」

私が身を乗り出すと、若旦那はかすかにうなずく。マスターが新聞をたたみながら笑った。

「いいねぇ。知ってる？　〝ノリの良さと運の良さは比例する〟」

「誰の格言ですか、それ」

「俺」

マスターはそう言い捨て、新聞を持ってレジ脇にあるマガジンラックに向かった。とらえどころのない人だ。

少しすると、若旦那が盆とポットを運んできて、テーブルの向かいに立った自分の前に置いた。盆の上には、茶碗、竹の茶筅《ちゃせん》と茶杓《ちゃしゃく》、そして茶漉《ちゃこ》し。

空の茶碗はあたたまっているらしい。茶筅の先はしっとり濡れていた。

「では、始めます」

若旦那はまず、大きな耳かきみたいな茶杓で抹茶の粉を茶漉しに一杯半入れた。茶杓の背で、ていねいにだまを消していく。そして茶碗の中でさらさらになった抹茶の上にそっとお湯を注ぎ、茶筅をあてた。

「前、後ろ、前に点てていきます。Mの字を書くように」

「えむ？　アルファベットのMですか？」

「はい」

私の問いに、若旦那はきょとんとしている。私は疑問を投げた。

「アルファベットが知られていなかった頃は、なんて説明したんですか。千利休《せんのりきゅう》とかは」

若旦那はぷっと吹き出した。

「なんやろ。それは考えたことなかったな」

…………あれ。

この人、こんなに可愛《かわい》い表情するんだ。もっと笑ったらいいのに。

胸の奥でアイスが溶けるみたいな、とろっと甘い感じがした。うわ、なんだろう、この気持ち。

若旦那は茶筅をジグザグと素早く動かしたあと、大きな泡をつぶすようにそっと表面をなでた。そしてもう一度、すっと深く差し入れる。

「最後に、のの字を書いてゆっくり引きます」

中心からまっすぐ茶筅を引き上げると、若旦那はなんだか嬉《うれ》しそうに言った。

「千利休も〝の〟は言ったかもですね」

やっとちゃんと目を合わせてくれた。今度は私のほうが直視できずに、きょろりと眼球を動かす。

若旦那は一度カウンターに行き、和菓子を載せた皿を運んできた。「雪うさぎです」と盆の上に置く。雪山を飛び跳ねていそうな、かわいらしい白い餅《もち》菓子。

私はゆっくりと雪うさぎを味わったあと、薄茶を飲んだ。美味しい。お菓子の上品な甘みに、鼻をくすぐるようなお茶の香りがふんわりかぶさって、やっぱりこの順だとお互いの味が引き立つ。

ようやく心がやわらいで、私はほっと息をついた。

「こんなサービスしていただけて、嬉しいです。私、運が悪くて、いつもツイてないことばっかりで。今日だって、シフト間違えて出勤しちゃうし、狙ってたジャケットは売り切れてるし、ケチャップこぼすし、さんざんだったんです」

それをじっと聞いていた若旦那は、ちょっと首を傾けて言った。

「…………それは、ツイてないというよりは」

「え？」

「ただのドジなんと違いますか」

おおまじめな顔だった。少し打ち解けた気がしたのに、ぷすんと針を刺されたみたいだった。やっぱり私、嫌がられてるのか。ところが若旦那はこう続けた。

「運、ぜんぜん悪くないですよ。あんなにも熱く語れるほど好きなことを仕事にしてるって、それだけですごいラッキーじゃないですか。あなたに大切に愛してもらえて、スマホも幸せやと思います」

………スマホが、幸せ？

そんなふうに思ったこと、なかった。私の熱意をスマホが感じてくれてるって、喜んでくれてるって、客観的にそう認めてもらえて報われるような気持ちになった。

それに、そうか、私はドジなだけだ。そうだよね、不運なわけじゃない。こみあげてきた笑いに、ほろほろっと涙がついてくる。嬉しかったから。すごく。

頬を拭おうとして、ごそごそとバッグに手を入れる。ああ、今日はハンカチを忘れてきたんだった。

すると、目の前にすっと何かが差し出された。ぴしっと折りたたまれた紺の手ぬぐい。あらぬ方向を見ている若旦那の、ぶすっとした顔。よく見ると耳が赤い。

「…………あ、ありがとうございます」

私が受け取ると、若旦那は「ちょっとゴミ出ししてきます」とマスターに言い、外に出て行ってしまった。

手ぬぐいの隅に「吉」と白い糸で刺繍《ししゅう》してある。なんだろう、開運グッズ？

「あ、それ使ってくれてるんだ。俺がプレゼントしたやつ」

新聞の次は週刊誌を手にしたマスターが言った。

「そこに名前入れたんだ。吉平《きっぺい》の吉。なんか縁起いいでしょ。彼、福居堂《ふくいどう》っていうお茶問屋のひとり息子でさ。福が居るの福居ね。福居吉平って、強運が歩いてるみたいな名前」

吉平さん、っていうんだ。

ハンカチ忘れてよかった、なんて考えたあと、私は思いめぐらす。

かさばるジャケットが買えていたらそのまま家に帰ったかもしれない。そもそも、今日が出勤日だと勘違いしていなかったら、ここに来ることだってなかっただろう。むしろドジな自分が、抹茶カフェに連れてきてくれたんだ。私って、案外ツイてるじゃないの。

ここに来れば、また会えたりなんかするのかな。

私はマスターに訊《たず》ねる。

「抹茶カフェ、今度はいつやるんですか」

「うん？　今日だけだよ。福居堂って京都《きょうと》にあってさ。吉平くん、親父さんの代理で会合に出なきゃいけなくて初めて東京《とうきょう》に来たけど、明日には帰っちゃうし」

……なんだ、そうか。もう、これきりか。

ほら、やっぱりツイてない。

がっかりしかけて、私は思い直す。

また会いたいって思うなら、そうなるように行動すればいい。ここに来られた私はきっとご縁の種を受け取ったのだ。育てられるよう、がんばってみればいい。

頬杖《ほおづえ》をつくふりをして、顎のあたりでそっと手を合わせる。

吉平さんとまた会えますように。きっといいことがありますように。ぎゅっと押し当てた手と手の間。自分の体温に想いを注ぐ。

そうだ、願いごとは、この手の中に向かってするものなんだ。

「でもさ」

週刊誌のページをめくりながら、マスターが言った。

「東京に支店出すんで、彼がそこの店長やることになってね。この春、ひとりでこっちに引っ越してくるんだよ」

合わせた手の中にこめた願いが、ぽんと芽吹いた。私はその手をぎゅっと握る。

大丈夫。私は、最高にツイてる。

2 手紙を書くよ

（如月・東京）

小さな諍《いさか》いで、理沙《りさ》を泣かせた。

もしかしたらその表現は少し間違っている。泣かせたというより怒らせたと言ったほうが正しいかもしれない。そして「諍い」というよりは、理沙が一方的に憤《いきどお》っているのが本当のところだ。

川沿いに続く遊歩道の真ん中で、彼女はハンドバッグからポケットティッシュを取り出し、ぐしゅんと鼻をかんだ。結婚二年目の、僕の妻。

こういうとき、夫である僕はどうしたものか。場を和《なご》ませようと笑えば「何がおかしいのよ」と叱られるし、黙っていれば「何か言いなさいよ」と要求される。

ごめんねと謝ればいいのだろうか。いったい何がいけないのかもわからずに?

「結局、ひろゆきさんは私になんか興味がないのよ」

理沙は赤い目でそう言い放ち、ぎゅっと唇を噛《か》んだ。

――――というのが、昨日の午後の話だ。

僕は今また、夕暮れの川沿いを歩いている。今日はひとりだ。仕事を早めに切り上げて、少し急ぎ足で。

昨日は、気持ちよく晴れた日曜日だった。昼下がり、理沙と時々行くマーブル・カフェでコーヒーを飲んだあと、川を横に眺めながら桜並木の下を散歩した。

マーブル・カフェは理沙の独身時代からのお気に入りだ。昨日は節分企画で福茶が無料サービスされていた。たまにイベントもやっているらしく、先月行われていたのは一日限定の「抹茶カフェ」だった。その日は月曜日でいつもなら僕は会社だったけど、たまたま休日出勤の代休を取っていた。理沙と買い物をした帰り、通りかかったら「マッチャ・カフェ」とユニークなプレートがかかっていたので入った。抹茶を点ててもらって美味しい和菓子を楽しんで、理沙はすっかり満足したようだった。

理沙が喜んでいたら僕も嬉しい。だから彼女の提案にはまずノーとは言わないし、僕なりに一緒に過ごす時間を大事にしているつもりだ。なのに、いったい何がそんなに不満なんだ。

昨日、歩きながら、バレンタインデーの話になった。理沙はいつもチョコレートを手作りしてくれる。今年はブラウニーとトリュフのどちらがいいかと訊《き》かれたので「どっちでもいいよ」と答えたら、少し沈黙ができた。あ、これはどっちかを選ばないとまずいパターンだったかなと思いつつ、そのまま川の流れを横目に歩き続けていると、理沙はなんだか自分を奮《ふる》い立たせるような強張《こわば》った笑顔でこう言った。

「ひろゆきさん、つきあってるとき、ホワイトデーにお手紙くれたわよね。愛してるって書いてくれて、すごく嬉しかった」

それを聞いて僕は、思わず手をぶんぶんと振ってしまった。

「ええ？　手紙？　あげてないよ、それに愛してるなんて書くわけない」

愛してるなんて、言葉にしたことは一度もない。と、思う。理沙に限らず、今まで交際した女性の誰にもだ。

理沙は歩《あゆ》みを止めた。

「くれたわよ、クッキーと一緒に」

僕も止まる。

「クッキー？　そんなことあったかな」

理沙の顔がみるみるゆがんだ。

「………ひどい。なんでもすぐ忘れちゃうんだから」

絞《しぼ》りだすような声でそうつぶやき、彼女は首をぷるぷると横に振った。目には涙が盛り上がっていく。

立ち止まって固まっている僕たちの脇を、ジョギングしているおじさんが通り過ぎて行った。女子高校生の三人組が楽しそうにしゃべりながら向かってきて、チラチラッとこちらを見た。カラスが一羽、桜の枝にとまってカアーと鳴いた。

そこで話は冒頭に戻る。理沙はティッシュで鼻をかみ、あの一言を放ったのだ。

結局、ひろゆきさんは私になんか興味がないのよ。

そして歩き出したので、僕も黙ったまま足を進めた。ふたりとも無言のまま家に着き、理沙はしばらく、洋間に閉じこもってしまった。デスクトップパソコンとか本棚とか、米やトイレットペーパーのストックなんかが置いてあるなんでも部屋だ。

どんなに喧嘩《けんか》をしても帰る家が同じって、こういうときに具合がわるい。家が別々だったら、ちょっと時間を置いてふたりとも冷静になれるのに。閉じられたドアの向こうで理沙は何を考えているのかさっぱりわからないし、僕は僕でリビングしか居場所がなく、だらだらとテレビを観て過ごした。

それで今日だ。僕はマーブル・カフェに向かっている。

レジの脇にティーバッグのギフトパックが売られていて、先月「抹茶カフェ」に行ったときに理沙はそこで宇治《うじ》抹茶を買ったのだ。家でそれを飲みながら、おいしい、すごくおいしいと、何度も言っていた。しかしクラフト紙でできたしゃれたパッケージの中に入っていたティーバッグはたったふたつで、そう考えるとなかなか値の張る商品だった。良いお茶なのだからもっともだろう。昨日、理沙はまたその棚をちょっとだけ見たが、手にも取らなかった。自分のために買うのは、きっと気が引けたに違いなかった。

あの宇治抹茶のティーバッグを買ってきてやろう。僕はそう思い立ったのだ。

それはべつに、僕が優しい夫だということではない。理沙に媚びて許してもらおうとしているわけでもない。

「なんでもすぐ忘れちゃうんだから」という、あの言葉に反発してのことだ。

僕はそんなに、なんでもすぐ忘れちゃうわけじゃないぞ。ギフトパックはざっと見たところ五種類以上はあった。紅茶とか、ほうじ茶とか。先月、その中から理沙が宇治抹茶を選んだこと、美味しいと言っていたこと、そして、また飲みたそうだったこと……。どうだ、僕はちゃんと、覚えてる。そういうことを、わかってほしかったからだ。
　ところが、マーブル・カフェの扉には「ＣＬＯＳＥ」の札《ふだ》がかかっていた。
　腕時計を見ると六時前だ。マーブル・カフェはたしか七時までの営業だから、ぎり
ぎり間に合うと思って急いで来たのだが、今日は早じまいだったのだろうか。
　立春だというのに今日は底冷《そこび》えがした。ティーバッグを買うついでに、マーブル・
カフェで温かいものを飲もうと思っていたのに。僕はがっくりと肩を落とし、店に背
を向けた。
　橋の向こう側に、ぼやっと灯《あか》りが見えた。何か店があるんだ。違うカフェがあるの
かもしれない。ティーバッグが買えなかったせいで寒さも疲労感も増していた。どこ
でもいいからちょっとひと休みしたい。期待を抱き、僕は橋を渡った。
　しかし、店に近づいていってまたがっくりした。
　そこは飲食店ではなく、ランジェリーショップだった。瀟洒《しょうしゃ》なブラジャーやパン
ティがディスプレイされ、大きなガラス窓から店員らしき女性が見える。せめて雑貨

屋とか洋服屋だったら暖《だん》を取るために立ち寄ることはできるけど、女性の下着しか売っていない店に入るのはためらわれる。

引き返そうとしたとき、店員さんとガラス越しに目が合った。店員さんはなぜだかあわてたように店から飛び出してくる。

「す、すみません！」

「え」

「あの、すみません。蜘蛛《くも》が……蜘蛛が出て」

「くも？」

「私、だめなんです、あれだけはどうしても。すみません、外に逃がしていただけないでしょうか」

巻き髪のきれいな女の人だった。かなり切迫した様子で顔が引きつっている。僕だってそんなに虫が得意なわけじゃないけど、断れなかった。彼女をそんなに怖がらせる蜘蛛ってどんなだろうと、タランチュラみたいなでっぷりした腹の蜘蛛を想像し、内心びくつきながら店の中に足を入れる。

あそこに、と突き出した人差し指の先には、足も体ものっぺりと細い蜘蛛が一匹、壁のすみを歩いていた。家屋によく出るユウレイグモだ。たよりない風貌で本人も困ったふうにゆらゆらと動いている。見るからに弱々しいが足がやたら長いので全体の大きさはそこそこあり、蜘蛛が嫌いな人にはたしかに気味悪いかもしれない。

「網とか、ないので。これでお願いできますか」

店員さんは震える手を伸ばし、僕にビニール袋をつかませた。僕は袋の口を広げ、そっとくるむようにして蜘蛛を中に入れる。殺してしまうのは忍びなくて、あまりにも華奢《きゃしゃ》なその蜘蛛をつぶさないように、だいぶ慎重に手をかけた。

袋を持ったまま店の外に出て、樹の根元に放す。蜘蛛はよたよたと地面を這《は》い、そのままじっとうずくまった。

「……………よ、よかった……。ありがとうございます」

店員さんがほーっと胸に手をあてる。お役に立てて僕もよかった。いえいえ、と去ろうとしたら呼び止められた。

「あの、お礼にお茶でもいかがですか」

「え？　いや、そんな」

「うち、六時閉店なんです。今日はもう閉めますし、お時間がよろしければお礼させてください。温かいお茶を淹《い》れますから」

体が冷えているし、喉も渇いている。僕は店員さんの笑顔に吸い寄せられるように、店の中に入っていった。


そのランジェリーショップは、「P-bird《ピー・バード》」という名前だった。

「私の名前、尋子《ひろこ》っていうんですけど」

店員さんはドアの外に閉店の札を下げ、内側から鍵をかけながら言った。

「幼稚園のとき、ヒロコってカタカナで横に書いたらロが小さすぎちゃって、ピコって見えたみたいで。それ以来、ピコちゃんとかピーちゃんとか呼ばれてるんです。母親まで、小鳥みたいでかわいいって、私のことピーって呼ぶの。それでピー・バードにしました」

店員さん……ヒロコさんは、僕とそう変わらない年頃に思えた。たぶん三十代後半だろう。

「こちらにどうぞ」

レジカウンターの中に手招《てまね》きされる。奥が広くなっていて、小さなテーブルと丸椅子がふたつ、そして小型冷蔵庫があった。

「幼稚園なんて、そんな前のことを覚えてるんですか」

僕が言うと、ヒロコさんはちょっと肩をすぼめて笑った。

「いいえ、伝承というか」

ヒロコさんはそこでいったん会話を止《や》めると、冷蔵庫の上に置いてあった瞬間湯沸《ゆわ》かし器にミネラルウォーターを入れ、スイッチを押した。そして僕のほうに向き直る。

「母親から聞いただけで私は覚えてないんですけど。記憶なんてあやふやなものより、名前が残り続けてるってことが史実を確かにしてくれている気がします」

記憶がなくても実証されること……。なんだか話したくなって、つい口から言葉がこぼれる。

「……そうですね。でもどうも、妻と僕の記憶が合致しないときがあるんです。妻がこうだったああだったって言っても、僕はさっぱり覚えてなくて。ホントにそんなことあったかなぁって」

そこまで言って、僕は急に弁解したい気持ちになった。なんだか妻の悪口を言うだけの、頭が悪くてふがいない男みたいに聞こえたんじゃないかと心配になったのだ。

「だけど僕なりに、いい思い出を作ろうとしていますよ。イベントも大事にしてるつもりだし」

ヒロコさんはやわらかく笑った。

「奥様は思い出を作るために一緒にいるわけじゃないわ、きっと」

僕がハッと顔を上げると、彼女はゆっくりと続ける。

「思い出って、流れ流れゆく時間を留めておくピンのようなものかもしれませんね。だけど留《とど》める場所は人それぞれだから、ピンの位置がちょっとずれちゃったりもするんですよ」

ピーッと甲高い音がした。お湯が沸いたらしい。

ヒロコさんはカウンターの端っこから、ティッシュケースみたいな大きさの白い木箱を運んできて、僕の前に差し出した。

「いろんなお茶があるんですよ。どれにしましょうか」

僕は、あっと叫びそうになった。マーブル・カフェのレジ脇に並んでいたあのギフトパックが、おそらく全種類詰まっていたのだ。

「橋向こうのカフェから委託されて、うちでも少し置いてるんです。マーブル・カフェっていう素敵なお店なんですよ」

僕はあまりにもびっくりして、たどたどしい口調で説明した。

「実は今日、マーブル・カフェに行こうとしていたんです。でもやってなくて」

「あら、そうだったんですか。あのお店、月曜定休だから」

「え？　だって、前に月曜日やってましたよ。抹茶カフェってイベントで」

「イベントは定休日にやるんですよ。店長のワタルくんじゃなくて、オーナーのマスターが」

そうだったのか。早じまいじゃなくて、定休日だったんだ。

いや……でも、かえってよかったかもしれない。おかげで、ヒロコさんといい話ができた。

僕は事情を話して宇治抹茶をひとつ買い求め、ヒロコさんのご厚意でほうじ茶を一杯いただいて帰った。

帰宅したら、洋間のドアが半開きになっていた。電気がついているので中をのぞくと、理沙が床にぺたんと座り込んでいる。彼女の周りにはありったけの本が散らばって、床が見えないぐらいだ。

「どうしたの」

理沙に声をかけると、彼女はぼんやりした表情で「あ、おかえり」と言った。

「ただいま。……あのさ、今日、マーブル・カフェに行こうとしたんだけど」

理沙はのろのろと立ち上がる。

「マーブル・カフェ？　今日は月曜日だから定休日だったんじゃない？」

「え？……あ、うん？」

「抹茶カフェのとき、私そう言ったじゃない。マスターと三人でそんな会話したし」

そうだったっけ？

やっぱり僕は、なんでもすぐに忘れちゃうな。自分にちょっとあきれながら、鞄《かばん》からギフトパックを取り出そうとしたら理沙がぽつんと言った。

「……………ないの」

「え」

「手紙が、ない」

理沙は急に堰《せき》を切ったように泣き出した。

「あったのよ、たしかにあったのよ。ひろゆきさんからもらって嬉しくて、大事にしまっておこうって思って、本の間に挟んだのよ。嘘じゃないのよ」

手のひらで掬《すく》うようにして涙を拭きながら、彼女はしゃべり続ける。

「でも、どの本だったのかわからなくなっちゃった。挟んだはずの詩集にはなくて、大好きな小説にもなくて、もしかしたら去年古本屋に売った中だったかもしれない」


子どもみたいに号泣する理沙を見て、僕はふっと笑みをこぼした。

ねえ、理沙。人間の記憶というのは、かくもあやふやなものだね。

僕たちは忘れてしまう。忘れたくても忘れられないって思い込んでることだって、もしかしたら狙い打ちしたつもりの場所よりもずっと外れていて、間違ったところにピン留めされているのかもしれない。

僕たちはみんな、自分が覚えたいように覚えてるだけなのかもしれない。

今年のホワイトデーには、手紙を書くよ。愛してるなんて、やっぱり照れくさくて言葉にはできないけど、自分なりに心を込めてこう書くよ。

僕は君に、興味があります。喜ばせたいとか笑顔が見たいとか、いったい何を考えているんだろうとか、僕が一番知りたいのは誰よりも君です。

その手紙をまたなくしたって、ちっともかまわない。何年後の何月何日でも、そのとき僕の隣で君が笑っているのなら――。

きっとそれは、ふたりがずっと一緒にいたっていう史実を、何よりも確かにしてくれるから。

3

春先のツバメ

（弥生・東京）

おてんばだった私が針と糸に夢中になったのは、五歳のときからだ。

ある日、母が居間で何やら手仕事を始めた。たぶん父のワイシャツだったのだろう、母は少しかがみこむようにして白いシャツを抱え、一点を集中して見ていた。半透明の小さなボタン。細い銀の針が、中央の穴をくぐっていく。しゃっ、しゃっ。針が引き抜かれるたびにそのすっきりとした音を立てているのは、つややかな白い糸だった。かっこいい。針も、糸も、それを操《あやつ》る母も。ボタン付けの様子に私はなんだか興奮して、裁縫箱の中をのぞいた。丸いピンクッションには、針が何本も生えているように見えた。

青や赤の頭を持つ待ち針、長さの違うシンプルな針。私はそこから短めの縫い針を一本つまみ、じっと見た。頭の穴。ここに糸を通して、しゃっ、しゃって……。ちくんと針の先に指がふれた。思わずイタッと小さく叫んだ私に、母はゆったりと言った。

「痛いでしょう」

そしてワイシャツを脇に置き、針に糸を通すところから、端切《はぎ》れを使って四角いコースターを作るところまで、ぴったり寄り添うようにして丁寧に教えてくれた。

小学校に上がる前の娘に、針はまだ危ないからやめなさいと取り上げる母親だったら、今の私はきっとランジェリーショップで下着を作ったり売ったりしていない。痛みを覚えることは、痛くないようにする方法も一緒に覚えることと等《ひと》しかった。

並縫《なみぬ》いだけで出来上がった一枚のコースターを母に褒《ほ》められ、満ち足りた気持ちの中でふと気がついた。

私のシャツの袖口にも、コースターと似たような糸の行列がある。びっくりして、自分の服を手あたりしだいチェックした。襟《えり》周り、ポケット、スカートの裾《すそ》。あらゆるところで糸が行進していた。

幼い私は漠然と、洋服はもとから完成した形で存在しているものだと思っていたのだろう。でも違うのだ。こうやって、布を切って糸でくっつけて、自分で作れるものなのだ、なんと！

私にとってはそれが、めくるめく服づくりの世界への入り口だった。

短大の服飾科を卒業してから洋服メーカーでパタンナーとして働いていた私が、川沿いの雑居ビルに店を構えてから四年が経つ。ブラジャー、ショーツ、キャミソール、ペチコート。すべて一点ものの、ハンドメイドの下着を揃《そろ》えている。

オープン時には地下の貸店舗で経営していたのだが、二年前、一階の雑貨屋が閉店して空《あ》いたのを機に場所を移した。賃料がだいぶ上がることを考えると思い切った決断だったけど、大正解だったと思う。店の前を通る人に目を留めてもらえたり、中に入りやすくなったことで、チャンスは大きく開かれた。

ＳＮＳで画像を上げてくれるお客さんが増えたことも手伝って、あるときテレビの情報番組で店と商品が取り上げられた。それを皮切りに、商品だけでなく私自身へのインタビューも雑誌や新聞からたくさん受けるようになった。番組や記事を見たと言ってくれる人が次々に訪れ、店頭の商品購入だけでなく、採寸から任せてもらえるオーダーメイドのリピーターが増えたことはとても大きい。売上はあっというまに二倍になり三倍になり、銀行からの融資も無事に完済してしまった。

そこに「ある」と知ってもらうこと。

それがいかに大切か、私は身に沁《し》みて実感した。いくら一生懸命に良いものを作っても、気づかれなければ「ない」のと同じなのだ。

この店には大きな出窓が設置されていて、それが商品を注目してもらえた最大の要因だと思う。上手にディスプレイすることで、さまざまな角度からプロモーションができる絶好のステージになった。予想以上に、私が創る出窓コーナーは評判が良かった。お客さんのＳＮＳでもメディアの取材でも、必ずといっていいほどこの場が撮影された。

季節。イベント。流行《はや》り。旬に合わせて、なるべく短いスパンでこの空間にストーリーを創る。ひとりでやっている店だから、すべて私の気の向くまま、思いのままだ。

ここに置く商品は、まずは「気を引かせる」ためのもの。お客さんをこの店に手招きするようなもの。出窓を飾れるだけの華があるか、キャッチーな魅力があるか。それを念頭に置きながら下着をデザインすることも多くなった。

もっと。もっとがんばらなくてはと力が入る。しょせん後ろ盾のない個人事業だ。少しばかり名が知られたからといって、安心することはできない。飽きられないように斬新な商品を打ち出し、自分でできうる限りのPRをしなくてはならない。

三月に入って三日間は、「桃の節句」をイメージしたディスプレイを施した。ピンクを中心にして差し色に若緑のアイテムを添え、ふんわりと春らしくしてみた。

今日はそれを外し、新しい飾りつけの準備をする。教室の黒板を彷彿《ほうふつ》させるダークグリーンのボードに、白いチョークを走らせる。「graduation」。

テーマは「卒業」にしよう。それまでの自分から、一歩前へ進めるような。


遠慮がちな表情で店に入ってきたその若い女性は、黒いギターケースを背負っていた。

小柄で細っこいのに、その重そうな革張りのケースをちっとも負担に感じていないようだった。

出窓の外にいる彼女がじっとディスプレイを見ていたことに、私はレジカウンターで接客をしながら気づいていた。今日は風の強い日で、時折、長い髪の毛が勢いよくなびいた。彼女は抗《あらが》うように耐えるように、唇をぎゅっと結んでいた。常連客が店を出て行くのを見届けると、彼女はそっとドアを開いた。あの出窓を見て中まで足を向けてくれたことに、私は秘《ひそ》かに悦に入《い》る。

「いらっしゃいませ」

笑顔を向けると、彼女は出窓のほうを指さして言った。

「あの……。あそこにあるツバメのスカーフ、おいくらですか」

あ、と私は小さく息を漏らす。

「すみません、あれは売り物じゃないんです」

春の訪れと共に、馴染んだ巣から遠い地へと羽ばたくツバメ。黒と白の体も制服を思わせる。卒業のイメージに合うかなと思って、何羽ものツバメが飛び立つ姿がプリントされたスカーフを出窓に渡すようにしてかけていたのだ。でもそれは、もう十年近く前から持っている私物だった。

「……そっか。そうですよね」

「すみません」

私がもう一度謝ると、彼女は「いえ」と気遣うように片手を振る。

「前から、このお店に入りたいと思いながら躊躇《ちゅうちょ》してたんです。いいきっかけができました」

彼女はくるりと姿勢を変え、店内の商品を見始めた。ストレートの黒髪、背中のギターケース。白シャツにブラックジーンズの彼女は、なんだか本当にツバメみたいだった。

それにしても。

内心、ちょっと複雑な気持ちが芽生える。

出窓にはふたつのパターンでランジェリーセットを両サイドに配置していた。ひとつは、パステルカラーでロマンティックに。もうひとつは、ワインレッドでドレッシーに。少女から大人の女性へと移り変わるドラマを、私なりにイメージしたレイアウトだった。

商品はどちらもそれぞれに華やかで、我ながらなかなかの出来栄えだと思っていた。でもこの女性が心惹《ひ》かれて求めてくれたのは、クリーム色の地に黒いツバメ柄の、装飾用の小物だったのだ。

それでも、お客さんがこのお店に足を踏み入れるきっかけになったのだからよかったのかもしれない。私は思いなおして声をかけた。

「ギターケース、レジの中でお預かりしましょうか」

彼女は少しだけ考えたあと、こくんとうなずく。ケースを受け取りながら私は言った。

「ギター、弾かれるんですね」

「はい。ギターを弾きながら、歌を歌っています」

「まあ、歌手さん」

彼女は照れくさそうに笑った。そして身軽になると、店の端からゆっくりと商品を見てまわった。私は圧をかけないように、レジカウンターで事務作業をしながらそっと様子をうかがう。

「ピー・バードって」

彼女が突然そう言いながらこちらを向いたので、少しびっくりした。ピー・バードはこの店の名前だ。

「前は、地下にありましたよね」

「え？　ええ」

「私、オープンした日に行ったんです。たまたま前を通って、新しくできた看板が気になって」

私は目を見開く。そうだったのか。

「初日のお客様だったんですね。失礼しました。ありがとうございます」

「いえ、あのときは何も買わなかったから……。最初はもっと商品少なかったですよね。ディスプレイもシンプルな感じで」

そう言われて、恥ずかしさがこみあげてくる。この店を地下でオープンした頃、お客さんの購買意欲を満たすプロモーションが私にはまったくできていなかった。あんなわかりにくいところにあったのに集客の工夫がなっていなかったし、インパクトのある商品を展開するアイディアも技術も足りていなかった。それで彼女のように、たまたま訪れて一回のぞいたっきり足が遠のいてしまうお客さんが多かったのだろう。

ところが次の瞬間、彼女は、私の胸をぴしりと打つようなことを言った。

「実は私、あのとき、すごくいいな、欲しいなって思った商品があったんです。ブラとショーツのセットだったんですけど。真っ白でぜんぜん飾りがなくて、ブラの右側にワンポイントで白い羽根の刺繍だけしてあるの」

それは。その商品は。

言葉が出ない私に、彼女は続けた。

「すごくていねいに作られてて、手に取った感じが優しくて。身に着ける人の体や気持ちを想ってるのが伝わってきて、私、ここはとってもいいお店だって思いました」

私は泣き出しそうになる目と心をぐっと留《とど》める。彼女の言うその商品は、たしかに、私が店をオープンした日に並べたものだ。


あの初日の閉店間際に、女子高校生とお母さんの二人連れが入ってきた。彼女たちは商品を広げては棚に戻し、あれこれと大きな声で話していた。

「これは？」と、お母さんが白いブラをつかんだ。間髪を入れず、娘さんが顔をしかめて「えー、地味すぎるでしょ」と言った。

「一点もののハンドメイドなのに、そんな普通すぎるのありえない。見てよ、ショーツなんて、なにこれ、幼稚園児じゃないんだからさぁ」

ふたりは顔を見合わせて笑い、商品を棚にぽんと置くと店を出て行った。

私はひとりになった店で、「なにこれ」と言われた無地の白いショーツを拾い上げた。指が小刻みにふるえていた。

それは、上質なコットン百パーセントの生地を使った、やわらかなショーツだった。私はこれを作るとき、かなり研究を重ねたつもりだった。縫い目が肌に触れないように、ゴムが食い込まないように。揃いのブラだってそうだ。乳房を痛めつけることなく、ノンストレスでそっと包みこむように考えて考えて。だからあえて、デコレーションしなかったのだ。たったひとつ、羽根の刺繍以外は。それだって私なりに心を砕いて選んだ、ほんの少しパールがかった美しくて丈夫な絹の糸だった。

だけどこれは、お客さんにとって「ありえない」商品なのだ。たしかにお金を出して買いたいと思わせるには地味なのかもしれない。羽根の刺繍も白い生地に白い糸では、もしかしたらあの親子は気づきもしなかったかもしれない。

自己満足で作ってはいけない。売れなければ意味がない。

私はそのセットを棚から下げた。もっと勉強しなくてはと思った。

着心地の良さを追求しつつ、誰もがハッと目を奪われるようなデザインを。

彼女は店内に目をやりながら、ちょっと首をすくめた。

「一階に移ったらなんとなく雰囲気が変わったから、入るの迷ったんですけど」

ぎゅうっと胸がしめつけられた。こんなお客さんがいたのだ。

私は今、どこを見ていたんだろう。ディスプレイをいかに派手にするか、どうやって集客するか。それだってお店を続けていくために必要なことだけど、でも一番大事なのは、私が本当にやるべきことは……。

一点一点、私の手の中で下着を慈《いつく》しんで生み出し、送り出し、ひとりひとりに届けることなんじゃないだろうか。

黙っている私に、彼女はあわてたように言った。

「あ、なんか勝手なこと言ってすみません。あれから来なかったくせに。何度か思い出してはいたんです。でもなんだか……自分のために一点ものの下着なんて、贅沢《ぜいたく》だと思ってしまって」

この店の商品は、それほど高価な値をつけているわけではない。もちろん物によるけれど、全体的にはリーズナブルだと思う。それでも、百円均一ショップでもショーツが買えることを考えたら、彼女の言う通り「自分のために」買うには値が張るのかもしれない。実際、ギフトとして選んでくださるお客さんもとても多い。大切な人への贈り物となるのなら、とっても光栄なことだ。

そしてきっと、彼女の言う「贅沢」は、お金のことだけじゃないんだと思う。

だけど――――。

私はひとつ呼吸を置き、ゆっくりと言った。

「もしもお客さまが私の作った下着で自分のために贅沢をしていただけたら、すごくすごく嬉しいです」

下着は肌に直接身に着ける服。人にとって一番近い、何よりも親しい存在。簡単に露出するものじゃないからこそ、こだわって選んでほしい。大切にそばに置いてほしい。気の合う下着は、どんな日でもあなたの絶対的な味方になる。そしてそれを身に着けることで誇りを持ってほしい。自分がその贅沢に値する人間なのだと。

忘れていた。

ワンピースやコートを作っていた私がインナーウェアをおもしろいと思ったのは、独立してこれを自分の手で世に広めたいと願った原点は、そこだった。


私は在庫をストックしている事務室へ行き、棚の奥から段ボール箱を取り出した。

その中に、あの白いランジェリーセットが収まっていた。大切に薄紙にくるまれている。私なりに抱いていたこの下着への愛しい想いをそのましまいこんだのだ。

私が持っていくと、「そう、それです！」と彼女は目を輝かせた。

「つけてみますか」

訊ねた私に、彼女は迷いを見せずうなずく。そして試着室からすぐに顔をのぞかせ、

「いいみたい」とほほえんだ。

私は白い手袋をはめ、「失礼します」と着用の具合を見た。このままでも問題はない。でも、カップがさらに肌に沿うように、サイドをわずかばかり詰めたらもっと着け心地が良くなるはずだ。

「五分だけ、お時間をいただけますか。もう少し合うようにしてみます」

銀の針、白い糸。

五歳の私が胸をときめかせたアイテムでブラの調整をしながら、私はいろんなことを考えた。

オープン当初、やる気ばかりで自信はまるでなかった私。お客さんひとりの意見に

いちいち左右されていた私。

店が一階に移ってから軌道に乗ったとき、なんだか突然うまくいきはじめたように感じていた。

でも違う。

私がこの店を続けてこられたのは、地上で姿を見せたからじゃない。地下にいるときに気づいてくれた人がいたからだ。夢中で作り出していたあの商品たちを、受け入れてくれる人がいたから。そして何よりも、私が下着を作ることが大好きだったから。だから二年持ちこたえて、経験を積んで、さらに開かれた場所へ拠点を移すことができたのだ。

地下にいた私、よくがんばっていたじゃないの。うんと悩みながらも、あんなに楽しかったじゃないの。私の店は、最初からちゃんと「あった」のだ。


二度目に試着室から出てきた彼女は、頬を紅潮させながら言った。

「すごい。つけてないみたいにぴったりです、気持ちいい」

私が今まで決して出窓にディスプレイしなかったその純白の商品は、彼女の体に見事にフィットして映えた。まるで最初から彼女のためだけに作られたかのように。

そしてそれはきっと、その通りなのだった。


「……私も、卒業のタイミングなのかな」

会計をしているとき、レジカウンターの向こうで彼女がぽそっとつぶやいた。

そして私が口を開く前に、「ひとりごとです」と打ち消すように笑った。たぶん、何かの転機にいるのだろう。

私も彼女から視線を外しながら言った。

「卒業って、次のステージに行っておしまいじゃなくて、ここまでがんばってきたことをたどって自分で自分を認めたり、支えてくれた人たちにあらためて感謝したりの節目ってことでもあるんだわ」

彼女がふと顔を上げる。

私も「ひとりごとです」と笑いかけ、彼女のものになった下着の包みを手渡した。

「いつでも何度でも訪れますよ、次の新しい季節は」

彼女はギターケースを背負い、私が開いたドアから外へ出た。
私は深々と頭を下げる。ありがとうございました。私の下着と出会ってくださって。
好きになってくださって。

彼女はどんな歌を歌うのだろう。
ツバメが一羽、飛び立っていく姿を、ドアの前に立ったまま私はそっと見つめる。
ぴゅうっと強い風が吹いた。きっとこれは追い風。この季節特有の。
私は大きく息を吸い、背筋をぴっと伸ばす。
新しい春が、もう始まっている。あなたにも私にも、ほら。

4

天窓から降る雨

（卯月・東京）

ショルダーバッグを肩にかけなおしたとき、手の甲にぽつんと冷たいものが落ちた。ハッとしてその水滴を見る。ぽつん、ぽつん。立ち止まった私のジャケットにも、デニムのスカートにも、曇り空から雫《しずく》が落ちてくる。雨だ。私は安堵《あんど》の息をもらす。

よかった、私は、泣いているわけじゃない。

両国《りょうごく》の温浴施設の中にある、和食レストランを待ち合わせ場所に指定してきたのは光都《みつ》だ。

レストランは三階だった。入り口からのぞいたら、奥の席に座ってのんびりくつろいでいる光都の姿が見えた。私は店員にちょっと会釈《えしゃく》して、そのまま突き進む。

光都が私に気づき、左手を挙げた。右手では箸《はし》を持ち、天ぷら定食を食べている。

私は光都の向かいに腰を下ろし、まず謝った。

「ごめんね、遅くなって」

「ううん。雨、降ってた?」

光都は海老天《えび》をつゆにつけながら言った。亜麻色《あま》に染めたベリーショートの髪が濡れている。もうすでに、ひと風呂浴びてきたのだろう。私と同じ二十九歳だけど、彼女は年齢不詳だ。メイクや服装によって、うんと年上にも、うんと年下にも見える。すっぴんの今は、すごく幼く見えた。

「ぱらぱらっとね。でもすぐやんじゃった」

私はそう答え、テーブルの端に差してあったメニューを広げた。

四月に入ったばかりの今日は、雨が降ったりやんだりで、おかしな天気だ。どんより曇っていたかと思えば、突然、晴れ間が見えたりする。

刺身定食にしようかな、と私が言うと、光都が笑った。

「佐知《さち》はそれ選ぶと思った。魚、好きだから。カナダに行ったら刺身もなかなか食べられなくなるもんね。あ、日本食レストランぐらいあっちにもあるのか」

「…………やめたんだ」

「ん？」

「やめたの。カナダには行かないし、雄介《ゆうすけ》とも結婚しない」

光都の箸の動きが止まる。それを視界の隅で確認しつつ、私は店員に「すみません」と声をかけた。

するとマ光都は、味噌《みそ》汁の椀《わん》を手に取りながら「そっか」とだけ、あっさり答えた。

やってきた店員に注文を終えると、私は背もたれに寄り掛かるようにして深く腰掛け、光都に言った。

「お風呂、もう入ったんだね」

「うん、ざぶっと。空《す》いてたよ。アロマエステとか岩盤浴もあるって。私、泥パックやろうかな。壺《つぼ》に入ってるやつ、セルフで塗るんだって」

「塗り合おうか。背中とか、手の届かないとこ」

「いいね」

フラットなトーンで、なんでもない会話が続く。

私は来月で仕事を辞めて、アパートを引き払って、三ヵ月前に先にカナダへ渡った雄介のところに行くはずだった。挙式は内々ですませる段取りが決まっていたし、雄介の家族は温和な人たちで、私の両親も雄介を気に入って喜んでいた。商社マンの旦那とカナダ暮らしなんていいなあと、同僚にうらやましがられた。

それを全部白紙にしたのは私だ。一週間前に。

刺身定食はすぐに運ばれてきて、私たちはたわいもない雑談を続けた。私が医療事務をしている小児科のこととか、通販オペレーターをしている光都の職場裏話とか。婚約破棄の顚末《てんまつ》について、光都は何も訊いてこなかった。もちろん、私が話し出せば必ず聞いてくれることもわかっている。遮ることなく、最後まで。

私は彼女の、こんなところにいつも安心する。光都はずかずかと踏み入ってこない。無理して誰かに合わせたりもしない。でもいつも周りのことをよく見ていて、静かに慮《おもんぱか》っている。

光都が待ち合わせ時間よりうんと早く来てひとりで風呂に入ったのは、ロケハンを兼ねてのことだ。先に天ぷら定食を食べていたのは、電車が止まって来るのが遅くなった私に気を遣わせないためだ。

そしてそれは光都がそうしたいからであって、「してやってる」という恩着せがましさがまるでない。人付き合いが決してうまいとは言えない私は、数少ないこの友達のことが……光都のことが、すごく好きだ。

温浴施設に誘ってくれたのも壮行会みたいなものだったのだろう。私が海外に行く前に、日本っぽい場所で遊ぼうと考えてくれたに違いない。

そのことには申し訳なく思いながら、私は光都と会えてどうでもいい話ができることにほっとしていた。

食事を先に終えた光都は、メニューを開いてデザートを選び始めた。ふと思い出したように顔を上げる。

「そういえば、こないだマスターが佐知の歌、褒めてたよ。前からよかったけど、このところ声に深みがあって、ファンも増えてるって」

マスターとは、川沿いにあるマーブル・カフェのオーナーだ。こじんまりとした喫茶店で、普段はワタルくんという若い雇われ店長がひとりできりもりしている。

去年からそこでたまに、イベントをやるようになった。店の定休日や閉店後の時間を使って。そのときだけマスターが仕切っているのだが、彼の名前は誰も知らなくて、みんなただ「マスター」とだけ呼んでいる。

大学時代にフォークソング部に入っていた名残《なごり》で、社会人になってからも私は時々、小さなライブハウスや野外イベントで歌を歌っていた。それは頼まれたり、自分から申し込んだり、いろいろだった。ギター一本あれば恰好がついたので、誰とも組んだことはない。ひとりで自由で、気楽なものだった。

あるとき、町のお祭りで広場で歌っていた私に、俺の店で歌わないかと声をかけてきたのがマスターだ。おでこに大きなほくろのある小さなおじさんで、一瞬うさんくさいとは思ったものの、どうしてだか警戒心がすぐにほどけた。そしてクリスマスイベントの出演者のひとりとして参加して以降、折に触れ単独でライブをさせてもらうようになった。

たいした宣伝もせず、不定期にこっそりと行われるマーブル・カフェのイベントはいつもどこかちょっとマニアックで、でも楽しくて優しくて、不思議なくらい「ちょうどいい感じ」にお客さんが入るのだった。

私は出演者としてだけでなく、一般客としてイベントに足を運ぶようになった。そこで「紙芝居」をしていたのが、光都だ。

拍子木《ひょうしぎ》が打たれ、始まったのは宮沢賢治《みやざわけんじ》の『オツベルと象』だった。声色が見事に変わるのでびっくりした。知っていたような知らなかったようなその寓話《ぐうわ》は、光都の語りによって私の中にぐいぐいと食い込んできて、胸の奥が甘くふるえた。

この人と仲良くなりたいと思った。でも私から気安く働きかけることはできなかった。それは誰に対しても。だから、次に私がライブをしたとき、客席に光都の顔を見つけてどれほど嬉しかったか知れない。そういう意味でも、私はマスターに感謝している。

「マスターって、あの人、不思議だよね」

「ほんと。何者なんだろうね」

メニューを見たままそう答え、光都は抹茶わらび餅を注文した。

詳しくは知らないけど、光都の実家は京都の和菓子屋さんだと聞いたことがある。光都という名前も、どこぞの有名なお坊さんがつけたらしい。

でも光都はまったく関西弁が出ない。滑舌の良い、魅惑の声のマジシャンだ。

食事を終えると私たちはエレベーターで一階へ降り、大きく白い字で「女」と書かれた紺地の暖簾《のれん》をくぐった。

ロッカーの前で、光都はためらいなく服を脱いだ。私もひとつずつ、服をはいでいく。

「あ、それすてき」

光都が私のブラジャーを見て言った。先月、ピー・バードというランジェリーショップで買ったものだ。

「きれいなシルエット。羽根の刺繍も、光の加減で見え方が変わるんだね」

私はとても満たされる。彼女はいつも、ちゃんと気づいてくれる。私が大切にしているものに。

光都は一糸まとわぬ姿になると、おなかのあたりに視線を落として言った。

「時々思うんだけど、人間だけ、なんで服着てるのかね」

私はブラジャーを外しながら答える。

「最初は防寒とか保護的なことだったんだろうね。そのうち恥ずかしいって感情を覚えて」

「恥ずかしいっていうのはさ、理由はどうあれみんなで隠し始めちゃったからだよね。おっぱい出したまま暮らしてる民族もいるじゃん。周囲が隠すから自分も恥ずかしくなって、恥ずかしいから隠してってていうループだよね」

光都はロッカーのカギを閉める。私も長い髪をさっと簡単にゴムでまとめた。道すがらに光都が言う。

「裸じゃなくなったのって、いつからなんだろうなあ。前、テレビでやってたけど、ネアンデルタール人も服らしきもの着てたんだって」

「ってことは、人類が全裸だったのはその前？　その前ってなんだっけ」

「うーんと、アウストラロピテクス？」

滑《すべ》り止めの小さな突起がついたゴムシートを踏みながら、大浴場に入る。あかるくて広くて、いろんな音が響いていた。湯が流れ、桶《おけ》がぶつかり、女たちがしゃべっている。

シャワーを軽く浴びて、一番広めの高濃度炭酸湯につかった。じわっと温かな湯にくるまれて、思わず目を閉じた。気持ちいい。

ああ、知らなかった。私はこんなにも、冷えていた。

手足や体をゆったりと伸ばしていると、自然に言葉がこぼれ落ちてくる。

「…………たまにさ、プロのオーディション受けてみればとかＣＤデビューできるといいねとか言われることあるけど、私が望んでいるのはそういうことじゃないんだよね。ただ歌いたいだけ。私の歌をほんとうに聴いてくれる人に聴いてほしいだけ」

「うん、私も。女優になりたいとかじゃなくて、紙芝居やりたいだけ」

「歌ってると、体の芯がふるえるの。ただそれが、気持ちいいの。聴いてる人たちに届いた何かが私に返ってきて、それを共有する感じ。一体感というか」

「わかる。紙芝居しててそれ感じる。きっと同じだ」

私は「だよね」とうなずき、ぶくぶくと鼻のあたりまで湯舟につかった。

光都は戯《たわむ》れるようにお湯を手ですくったり流したりしたあと、浴場の奥にすっと指をさした。

「あそこに、寝湯《ねゆ》あるじゃん。見て、天井に穴が開《あ》いてるの。行ってみよう」

言われてみれば、ほんとうだ。天井の一部が雲形にくりぬかれている。ふたりで歩いていき、浴槽に入って見上げると、薄青い空が見えた。

「今日は開けっ放しなんだね。雨、降らないかな。室内にいながら全裸で雨に打たれるっていう、貴重な経験ができるじゃん」

光都がちょっと興奮気味に言った。

寝湯というだけあって、湯舟は浅い。腰を沈めてちょっと足を曲げると、膝小僧がぷかりと姿を現す。淡い乳白色の湯は清らかで、隣にいる光都の足先が透けて見えた。爪に深紅のネイルが塗られている。肌の白さが際立《きわだ》っていた。

光都はシンプルなファッションが多くて、色もモノトーンばかりだ。黒とかグレーとか。なのにどうしてだろう。このディープな赤を見て、私はまったく違和感を持たなかった。光都らしい、とさえ思った。

誰にも見せないところで、鮮やかに燃えているから?

「おおー、いい感じに曇ってきたぞ。雨、くるかも」

雨乞いをするように、光都は両手を合わせて拝んだ。瓢箪《ひょうたん》みたいな曲線を描く穴は空の絵を入れた額のようであり、あるいはユニークな形のタブレットで映像を見ているようでもあった。灰色の雲が、もったりと重みを持って見える。

じりっと、胸の奥が疼《うず》いた。この空はカナダと繋がっているんだなあと、雄介に対して未練がましい想いを引きずっている自分に気づいたからだ。

いやだ。いやだけど、でも、そうなのだ。こんなにウェットでセンチなものを、私は隠し持っている。

先週一時帰国した雄介に、別れたいと言ったとき、彼はまるで言葉が理解できないというふうに、見たことのない険《けわ》しい表情を見せた。

何度も理由を問われた。私なりに気持ちを話したつもりだけど、どうにも伝わらなくて、最後はごめんなさい、ごめんなさいと謝ることしかできなかった。

彼にしてみれば青天《せいてん》の霹靂《へきれき》だったのだと思う。私は雄介の言うことにノーと答えたことはなかった。嫌われたくなかったから、失いたくなかったから。彼の転勤、私たちの結婚、そして私自身の、これからの生活。すべて雄介のシナリオにうなずいていた。殻《から》の中に身をひそめて。

後戻りできない亀裂が殻に入った一撃は、「東京でのライブ、あと何回できるかな」と言った私に雄介が返した答えだと思う。

「そんなことより、英語の勉強しておけよ。歌なんかで食えるわけでもないんだし」

私にとっては「そんなこと」じゃなかった。「歌なんか」じゃなかった。

決定的なのはそこだった。もう無理だ、一緒にいられないと、はっきり心が決まった。

私にも、大事に育てて守ってきたものがあった。楽しみにしてきたことがあった。ささやかで温かなライブ、にこにこと聴いてくれるお客さん、大学時代からの相棒ギター。仕事だってそうだ。肝《きも》っ玉《たま》母さん的な先生のことを私は大好きで、病院に来る子どもたちに元気になってほしいと願い、成長を見るのも嬉しかった。

雄介のことも、好きだった。だった、じゃない。今でもまだ、やっぱり好きだ。負けず嫌いで努力家で、勢いよく人を引っ張っていくエネルギーの強さに、私は惹かれた。反面、雷《かみなり》が怖いことを必死で悟《さと》られないようにしているようなところが愛しかった。

ただ、違ったのだ。手に入れたいもの、守りたいものが。着たいもの、飾りたいもの、そしてたぶん、隠したいものが。

もう人間は、服や靴を身につけずに生きていくことはできないんだろうか。肌を隠して、心を隠して、飾り立てて、嘘ばかりついて、何者かになろうとして。自分でもこんがらがってしまうぐらい、こんなに複雑になって。

私たちがアウストラロピテクスだったら、よかった。

何もまとわず、決め事に囚《とら》われず、おなかがすいたら草原の葉を食べ、愛しくなったら抱き合って、ぐっすり眠って朝が来て。完全にはなりえない言葉で傷つけ合ったりもしないで。

お互いを好きっていうだけじゃ、だめだった。

「いいんだよ」

光都が不意に言った。ぼんやりしていた私は、え、と顔を上げる。

「自分が一番大事だって感じることをちゃんと大事にできたんだから、それでいいんだよ。佐知は、思ったようにしていい。これからもずっと」

体の芯を揺さぶられた。歌うときにふるえるのと、同じ場所だった。奥に隠しすぎて、自分でもわからなくなっていた。それでいいんだよって、誰かにただそう言ってもらいたかったこと。

そしてそれはぜんぜん、恥ずかしくなんかないってことも。

次の瞬間、湯の上でパッ、パッと、何度か点がはじけた。雨だ。

「きたっ！」

光都が喜び勇んで叫び、両腕を広げる。

雲形に切り取られた空から、いくつもの雫が落ちてきた。こうして見ると、雨はドロップ形でも線でもなく、楕円《だえん》の玉なのだった。気前よくばらまかれた透明のキャンディみたいなそれを、私はどこか呆然《ぼうぜん》とした気持ちで、うっとりと眺めた。

薄あかるい陽が差してくる。お天気雨だ。ぽっかりと開いた穴から、光を受けた雨粒はきらきらと裸の体に落ちて、私をつたった。

泣いてはいけないと、ずっと思っていた。

私が約束を破ったのだから。雄介を傷つけたのだから。勝手に好きな生き方を選んだのだから。だけど。

私は今、泣くことを自分に許そう。泣いていい。雨に打たれて、汗にまみれて、お湯に流して、ぜんぶ、ぜんぶ。ここで思う存分、泣いてしまおう。

そしてお湯から上がって体を拭いて、お気に入りの下着を身につけ、服を着て靴を履《は》こう。私はもう、胸を張って歩き出せる。

この雨が、やんだらきっと。

5

拍子木を鳴らして

（皐月・京都）

京都にかてええ大学はぎょうさんあるのに、なんでこの子は東京なんか行くんや。おばあちゃんにそう言われて「そら、あんたから離れたいからに決まってるやろ」と言い返さなかった私は平和主義だ。話の通じない相手にケンカをふっかけたところで、意義のある対戦になるわけもない。負けない自信はあるが、そもそもどうなったら勝ちなのかよくわからない。

私の家は三百年前から続く「橋野屋《はしのや》」という和菓子屋で、物心ついたころから両親は店にかかりきりだった。おばあちゃんが言うに、京都の和菓子屋では、料亭や旅館と違って「女将《おかみ》」は存在しないのが慣例だったそうだ。店主であるおじいちゃんを立て、陰で支え、「奥さん」のおばあちゃんは決して表に出て仕切ったりしなかったのだと、そんな話をするときはいつも鼻を鳴らす。

しかし、おじいちゃんが他界してお父さんが跡を継《つ》ぐころにはそんな時代でもなくなっていた。元広告プランナーとしてやり手だったお母さんは自ら「名物女将」の看板を下げて精力的に表を走り回った。百貨店への進出を果たし、ネットショップをスタートさせ、つぶれかけていた店が大繁盛《はんじょう》するようになったのはお母さんの功績とし か言えない。でもそのせいで両親が家にいることはほとんどなかった。授業参観に来てくれたことも数えるほどだ。

「光都のことは私が育てた」というのがおばあちゃんの口癖で、まあ、嘘ではない。早いうちに店から撤退したおばあちゃんは常に、ひとりっ子である私のそばにいた。

私はいつも窮屈《きゅうくつ》だった。かわいがられているというより、指図《さしず》されていると思っていた。スカートの丈、持ち物の趣味、クラブ活動の選び方。日記帳や友達からの手紙も、私がいない間に勝手に読まれていた。そして彼女は必ず難癖《なんくせ》をつけることを忘れなかった。

私は高校に入ったときに決意した。卒業したら、絶対に京都を離れて遠くの大学へ行くのだと。

そうして、上京してから十年。もうすっかり関西なまりも抜けた。

こつん、と窓に頭をもたれさせる。ガラスの向こうで、景色がぴゅんぴゅんと流れていく。

ゴールデンウィークの後半に、私は京都行きの新幹線に乗っていた。考えてみたら五年ぶりだ。最後に帰省したのは、社会人になって二年目の、まだ二十四歳のときだった。

次は京都、とアナウンスが入り、にわかに身体がこわばった。実家に帰るのにどうして緊張しているんだろう。安らげる場所じゃないのか、ふるさとって。

家のドアを開けたら、雪乃《ゆきの》さんが玄関まで出てきてくれた。

「おかえりなさい」

ふわっとした雪乃さんの笑顔に人心地がつく。

雪乃さんは私にとって叔母にあたる。お父さんの弟、つまり私の叔父さんの奥さんだ。

私が高校三年生のとき、雪乃さんは千葉《ちば》から嫁《とつ》いできた。当時三十代半ばだった雪乃さんは年齢よりずっと若く見えた。穏《おだ》やかで、決して出しゃばったり声を荒らげたりしない雪乃さん。

叔父さん夫婦は二軒先に住んでいて、雪乃さんは嫁いできてからほぼ毎日、おばあちゃんの食事を作りに来たり掃除を手伝ったりしてくれている。もう一緒に暮らしているようなものだ。あの偏屈なおばあちゃんに文句ひとつ言わず、こんなにかいがいしく世話してくれて、私も両親も彼女には感謝しかない。

どうしてなのか訊いたことはないけど、雪乃さんはおばあちゃんを「タヅさん」と名前で呼んでいる。あの人のことだから、よその土地からやってきた人間に「お義母《かあ》さん」と呼ばせなかったのかもしれない。京都を愛するのは結構だけど、外部と壁を作りたがるのはおばあちゃんの悪い癖だ。

雪乃さんに続いて中に入っていくと、居間でおばあちゃんがロッキングチェアに座ってテレビを見ていた。

私が帰ってきたことに気づいているだろうに、こちらを見ない。仕方ないので「ただいま」と声をかけたら、ようやく顔を上げて目を丸くした。

「なんえ、その頭は」

五年ぶりに会って、まずダメ出しだ。予想はついていたけど、やっぱりため息が出る。ベリーショートもアッシュブラウンの色も、私はとっても気に入っている。おばあちゃんの指令で高校卒業までずっと、肩につくぐらいの長さを保ち、カラーなどは断じて許されず黒髪だった。その反動かもしれない。

台所に立っていた雪乃さんが、私に向かって体をよじらせる。

「お昼ごはん、できてるわよ。食べるでしょう」

「うん」

お父さんもお母さんも、仕事に出かけているらしい。和菓子屋としてかきいれ時だから当然だろう。トイレに行き、洗面所で手洗いをすませて居間に戻ると、おばあちゃんは固定電話で誰かと話していた。ばか丁寧な口調。

食卓には、錦糸卵がたっぷり載ったちらし寿司の桶が置かれていた。他にも、所狭しと小鉢が並ぶ。伏見《ふしみ》とうがらしの蒸し焼き。九条ねぎと鰹《かつお》の酢味噌和え。湯葉のお吸い物。京漬物盛り合わせ。思わず、ごくんと唾《つば》を飲みこむ。

電話を終えたおばあちゃんが、席に着きながら雪乃さんに言った。

「明日、十時に町内会長さんが来はるから、おうす用意してな」

「はい。柏餅のお土産も、包んでおきましょうか」

雪乃さんは小皿を分けながら受け答える。

「おうす」とは、簡易的に淹れる抹茶のことだ。

嫁いでくるまで「お茶って、緑か茶色かぐらいの認識しかなかった」という雪乃さんは、最初はおうすがなんのことかわからなくて、高校生だった私にこそっと訊きに来たりしていた。おばあちゃんは質問を受け付ける隙《すき》さえ与えなかったのだ。

でももう、雪乃さんのほうにこそ、どこにも隙はないだろう。これだけの京料理に腕をふるい、お土産のお菓子のことまで心得ている。

おばあちゃんは、今度は私を見た。

「吉平さんは元気かい」

吉平さんは、お茶問屋の福居堂のひとり息子だ。代々家同士の交流があり、お茶屋と和菓子屋という組み合わせも手伝ってしょっちゅう行き来がある。

福居堂が東京に支店を出すことになって、吉平さんは二月に上京してきた。

「元気だと思うよ、私は一月に会ったきりだけど。マスターが吉平くんは忙しそうだけど前よりよく笑うようになったって言ってた」

京都の画廊オーナーであるマスターは、この界隈《かいわい》でちょっとした有名人だ。とぼけた風貌のわりに凄腕で、いろいろと手広く事業を起こしている。

そのひとつである東京のマーブル・カフェで年明けに抹茶イベントをやった日、マスターに頼まれてうちの和菓子を提供したので、そのときそこに巻き込まれていた吉平さんとも少し話をした。

「光都ちゃんの紙芝居、楽しみねぇ。お休みのところ、ありがとうね」

雪乃さんに言われて私は頬をゆるませる。

進学した東京の大学で私は演劇サークルに入った。あるとき、新入生歓迎の余興でやった紙芝居が思いのほか楽しくて、私がやりたいのはこれだ！と思った。

自分ひとりでなんでも決められて、経費がほとんどかからないのも良かった。私が立って絵を抜いたり差したりするための、半径一メートルほどのスペースを用意してもらえれば、特に設備も要らず外でも室内でもできるのだ。保育園や老人ホーム、地域のお祭りなど、こちらから働きかければ興味を持ってくれるところはたくさんあって、一度やるとまた来てくださいと声をかけてもらえることが多い。

それで私は、卒業後は通販オペレーターの仕事をしながら、ライフワークとして紙芝居を続けている。

今回、帰省することになったのは、マスターから話を聞いた雪乃さんに依頼されたからだ。彼女は公民館でパートタイムで働いていて、こどもの日のイベントの一環としてぜひにとお願いされた。求められて嬉しかった。だから張り切って準備してきたのだ。

お吸い物を一口飲み、私が雪乃さんに返事しようとしたところでおばあちゃんが言った。

「紙芝居なんて、今どき流行らへんやろ」

以前、私が雪乃さんとネット動画の話で盛り上がっていたら「流行りばっかり追って軽薄な」って言っていたじゃないか。この人は結局いちゃもんをつけたいだけなのだ。こうなると、おばあちゃんを前に紙芝居の良さや熱意を語る気になんて到底なれなかった。

私は黙ってとうがらしをかじる。おばあちゃんがしば漬けを噛むブリブリという音が、食卓に響いていた。

食事を終えると、私は台所で雪乃さんと並んで雑談をしながら、食器を洗ったり拭いたりした。後片付けをすませて居間に戻る。

おばあちゃんがロッキングチェアの背にもたれて目をつむっていた。軽く額に手を当てている。

今日最初に会ったときから思っていたけど、いまいち顔色がよくない。どこか具合が悪いんじゃないだろうか。胸のざわつきを抑えながら私は訊ねる。

「おばあちゃん、お茶飲む？」

おばあちゃんはうっすら目を開け「ああ」と答える。そして、台所に向かおうとする私に唐突に言った。

「紙芝居、どんなのやってるんだい」

私は振り返った。少し心が跳ねた。おばあちゃんが、興味を持ってくれた。

「宮沢賢治」

私はその名前をくっきり縁《ふち》取るように答える。するとおばあちゃんは「へえ！」と叫んで突き放すように言った。

「あんたに宮沢賢治なんか理解できるんかね。難しいよ、賢治を読み解くのは。まして他人様《ひとさま》に読んで聞かせようなんて、たいそうなことやで」

ずくん、と胸の奥で大きな音がした。暗い穴が開いたみたいだった。その穴に私が落ちていくのにも気づかず、おばあちゃんは饒舌《じょうぜつ》になる。

「大学に行って芝居をやり始めたって聞いたときもびっくりしたで。光都は小さいころからぴいぴいぴいぴいぴい、よく泣く子やったし、バランス感覚が悪いのかしょっちゅう転ぶし、こないトロくて大丈夫かいなと思ってたからな。それが人前で演技するなんて、まあ、信じられへんわ」

小ばかにした笑い。いつものことだ。いつもの……。聞き流せばいい。

でもどうしても、できなかった。怒りなのか悲しみなのか、そのどちらもなのか、吹きこぼれそうな熱い憤《いきどお》りを止められなかった。

「…………なんでなの？」

しぼりだすようになんとかそこまで言い、真顔になったおばあちゃんに私は声をぶつける。

「なんでいっつもそうやって、私のやることにケチつけるの！」

おばあちゃんは眉をひそめた。

「光都が失敗せえへんように、教えたげてんのやないか」

「おばあちゃんは私がどれだけがんばってもぜんぜん認めてくれない。子どものころからずっとそうだった。さかあがりができるようになったときも、読書感想文が入選したときも、難関って言われてた高校に受かったときも、なんだかんだ、粗捜《あらさが》しばっかりして」

「さかあがりって、あんた。そんな昔のこと根に持ってたんか」

「持ってるよ、ずっと持ってるよ！　その無神経さが人をどれだけ傷つけてるか、おばあちゃんはぜんぜんわかってないんだよ！」

おばあちゃんは黙った。私も黙った。

耐えられなくなって、私は居間を飛び出す。お茶の入った湯呑《ゆの》みを三つ、お盆に載せて立っている雪乃さんの隣をすりぬけて。

自分の部屋で、私はベッドに寝転がってしばらくぼんやりしていた。

涙がこぼれた。おばあちゃんに対するやるせなさが流れたあとは、ぴしぴしと自責の念にかられた。

おばあちゃんって、いくつだっけ。たしか八十二歳だ。今さらあんなこと言って嫌な空気にすることなかった。今度いつ会うかわからないのに。

我慢ができなくて悟《さと》った。私は、他のことはどうでも、これだけはおばあちゃんに肯定してほしかったのだ。

私は起き上がり、紙芝居セットの入った袋に手を伸ばす。

東京から持ってきた木製の紙芝居フレーム。探して探して、こだわって、やっと見つけたお気に入りだ。ちょっと重いけど、絵の抜き差しがスムーズで、なによりもクラシックなデザインがすごくいい。お客さんを紙芝居の世界に惹き込む、ムーディーな舞台になってくれる。

持ってきた作品は、どれも宮沢賢治だった。

あんたに宮沢賢治なんか理解できるんかね。おばあちゃんに刺された棘《とげ》が抜けない。自分の中の、いちばん柔らかいところを突かれた気がする。

宮沢賢治の読み解きが難しいことぐらい、私にだってわかっている。だから何作も、何度も何度も、読み込んだ。私なりに考えた。今だって、紙芝居を打つときはいつも考えてる。そして宮沢賢治の作品を、私は愛してる。子どものころから。

――九歳のときだった。

仕事が忙しいなりに夜中には帰ってきていた両親が、あるとき出張になった。夕方から台風が来ていて、夜になると外でごうごうと大きな音がした。

お父さんもお母さんも、大丈夫かな。この家、吹き飛ばされちゃうんじゃないかな。電気を消すのも不安になって、私は自分の部屋を明るくしたまま、ベッドの中でまんじりともできずにいた。

閉じたドアの隙間から光が漏れていることに気づいたのだろう、おばあちゃんが入ってきた。

「眠れへんのんか」

おばあちゃんが言った。私が布団をかぶったままうなずくと、おばあちゃんは「弱虫な子やねえ」とぶつぶつつぶやきながら行ってしまい、そしてすぐに戻ってきた。

「本でも読んだげるわ」

驚いた。おばあちゃんは、本を取りに行っていたのだ。掛け布団をはがすと無理やり私の横にもぐりこんできて、老眼鏡をかけ、本を開いた。

そしておばあちゃんは、声に出して物語を読み始めた。

宮沢賢治の『よだかの星』だった。

おばあちゃんがそんなことをしてくれたのは初めてで、さらに思いのほかおばあちゃんの朗読は迫力があって、私はどきどきしながら話を聞いた。

でも、そのときの私には、よだかはあまりにも苦しいキャラクターだった。姿が醜いと言われたり、羽虫を食べることがつらかったり、よだかは何も悪くないのに、ただ優しいのに、ひどい目に遭ってばかりだった。星になるラストにいたっては、こわくて悲しくて、泣いてしまった。ただでさえ心細い夜に、おばあちゃんはなんでこの話を選ぶんだろうと思った。

するとおばあちゃんは、大きな声で私を叱った。

「泣くんやない。よだかは、どんな鳥よりも美しいものになったんだ。なんでかわかるか。自分の力で必死に空をのぼったからやで！」

あれは絵本ではなかった。「宮沢賢治全集」のひとつで、文庫だった。おばあちゃんはそれを何度も繰り返し読んだのだろう。表紙はもうよれよれだった。

「もう誰からも傷つけられへんし、誰のことも傷つけへん。ただみんなを照らしてる。せやからもう大丈夫なんや、よだかは」

おばあちゃんは本に目を落としたまま言った。

そしてそれ以上の読み聞かせはしてくれず、横になったままひとりで読書を始めた。私は話しかけるのも申し訳なく、やることもなく、いつのまにか眠ってしまい、早朝に目が覚めたら隣でおばあちゃんが寝ていたのでびっくりした。

せやからもう大丈夫なんや、よだかは。おばあちゃんのあの声は、今でも耳の底にいる。


部屋にこもってから二時間ばかり経って、喉が渇いたのでそっと台所に行った。居間におばあちゃんの姿はない。雪乃さんがすでに夕飯の仕込みをしていた。私は雪乃さんの隣に立つ。

「ごめん、やらせっぱなしで」

「いいのいいの。下ごしらえ、もう終わるから。枇杷《びわ》、食べる？」

千葉の実家から送られてきたのだという。私が答える前に冷蔵庫から枇杷のパックを取り出し、ざるに実をあけてさっと洗った。私はもう一度、居間を確認してから訊ねる。

「……………おばあちゃんは？」

「部屋でちょっと寝るって」

やっぱり、どこか悪いんだろうか。私があんなこと言ったせいで、悪化したのかもしれない。

もし。もしおばあちゃんが、病気だったら。心臓がドクドクと早打ちした。私は思い切って雪乃さんに切り出す。

「あの……おばあちゃん、もしかして体調がよくない、とか？」

雪乃さんが、ぷ、とこらえきれなくなったように笑った。

きょとんとしていると、雪乃さんは枇杷をお皿に載せながら言う。

「ごめんごめん、笑ったりして。心配いらないわよ、珍しくお昼寝してるだけ。健康診断もばっちり優秀で、骨密度年齢なんて二十歳も若いんだから。もう、健康体そのものよ」

雪乃さんは食卓に座った。私もそれに倣《なら》って向かい合う。彼女は枇杷をひとつ手に取ると、器用な手つきでするすると皮を剝《む》き始めた。

「タヅさんね、今日光都ちゃんが来るから、嬉しくて嬉しくて昨夜一睡もできなかったんだって。今朝だって何度も時計ばっかり見て、新幹線は予定通り走ってるかJRに確認の電話かけたり、家の外でちょっとでも物音がすると光都ちゃんじゃないかって窓からのぞいたりしてね。昼ごはんだって、何にしようかタヅさんがさんざん考えた献立よ」

それは私もうすうす気づいていた。私の好物ばかりだったこと。あの執念ともいえる錦糸卵の細さは、おばあちゃんの手によるものだということ。きれいに皮の剝けた実を、雪乃さんは私のほうに差し出す。

「なのに、光都ちゃんが来たらあんなツンツンした態度とって。私、もうおかしくて」

私は枇杷を受け取る。みずみずしいその果肉は、口に含むと優しくて甘くて、さっぱりした酸味も感じられた。雪乃さんみたいだな、とぼんやり思う。

「タヅさん、かわいいひとよ。いつも光都ちゃんの話ばっかり」

「どうせ、悪口しか言わないでしょ」

照れ隠しもあって、私はそう答えた。雪乃さんはちょっと首を傾ける。

「悪口っていうか。タヅさんって、自分にとって魅力のない人の話はしないのよ。大好きか、どうでもいいか、どっちかなの」

私は顔を上げる。雪乃さんはふっくら笑った。

「毎日夕方になるとタヅさん、テレビで全国の天気予報を見ててね。東京は雨だねとか、寒くないかねとか、つぶやいてるの。首都圏の地震速報なんて出ようものなら、それが震度2でも1でも、絶対安心だってわかるまで部屋をうろうろしてるのよ。光都ちゃん本人に訊けばいいのにね」

そんなおばあちゃんの姿、想像もできなかった。

さっきとは違う温度の涙が、食卓の上にぼとぼと落ちる。

私はおばあちゃんが……おばあちゃんが、嫌い、大好き、疎《うと》ましい、恋しい、背を向けたい、甘えたい。ぐちゃぐちゃだ、いつも。どうしようもない。

整理のつかない矛盾を抱えながら、苦しくて、離れたくて。

その一方で、すごくすごく心配で、元気でいてほしくて。


星になったよだかは、今はもう、ただ静かに燃えている。平安のうちに。

だけど私は星じゃない。生きてる。この地の上で。

だから誰かの言動に傷ついてしまうし、同じように誰かを傷つけてしまう。

でも、自分の力で必死に生きてたら、少しだけでもみんなを照らすことができるかな。それが私を「大丈夫」にしてくれるんじゃないかな。


またひとつ、きれいに皮を剥いた枇杷の実を、雪乃さんが私に向けた。私は小さく首を振る。

「自分で剥いてみる。ありがとう」

雪乃さんはにっこりとうなずき、手に持った実にかぷりと歯を当てた。


自分の部屋に戻ろうとして、入り口で私は足を止めた。

半分開いたドアから、おばあちゃんの後ろ姿が見える。

おばあちゃんは、紙芝居を手に取っていた。『風の又三郎』。ちょっとだけほほえんで、そのタイトルを愛おしそうに、そっとなでている。

宮沢賢治の作品は、ひとクセのある登場人物ばっかりだ。弱さも醜さも愚かさも抱えた彼らの姿は、きれいごとがなくてなまなましい。

不条理でどこかさびしくて、でも清らかで豊かな自然の理《ことわり》。恵みを受けながら畏《おそ》れながら、自分ではどうしようもできない感情と対峙《たいじ》する。そんな宮沢賢治の世界に、私は惹かれてやまないのだ。

おばあちゃんの背中を見ていたら、なんだか笑みがこぼれた。そしてひとつ息を吸い、私はドアを勢いよく全開させる。

「おばあちゃん、また勝手に私の部屋に入って！　断りもなく私のものに触らないでよ」

おばあちゃんがギクリとこちらを向き、紙芝居からさっと手を離した。

「触ってへん。見てただけやで」

「うそばっか」

そうだ、こんなふうに、もっと言いたいことを言えばよかったんだ。ケンカすればよかったんだ。黙って秘めないで。小ばかにされてるなんて勝手に卑屈になったりしないで。

私はおばあちゃんをベッドの上に座るよう促《うなが》す。怪訝《けげん》な顔をしながらも、おばあちゃんは素直に腰を下ろした。

私はベッドの向かいに置かれたカラーボックスの上の小物をデスクに移動させた。紙芝居フレームをその上に載せて、舞台を作る。

おばあちゃん、私、大きくなったよ。

もう泣き虫の小さな女の子じゃないよ。

自分で働いたお金で、家賃も食費も光熱費も払ってるよ。仕事がうまくいかなくて落ち込んだり、手痛い恋をしたり、だけどちゃんと立ち直ったよ。

ゴキブリのしとめ方や、里芋の炊いたんの美味しい作り方や、不安で押しつぶされそうなひとりの夜の乗り越え方だって身につけたよ。だから。

「見ててよ」

私は何にでもなれる。どこへでも行ける。蟹《かに》になって沢でささやき、象になって仲間を助け、鳥になって空を飛び、馬になって大地を駆ける。

拍子木を鳴らす。カチカチ、カチカチ。

「風の又三郎、はじまりはじまりーっ」

どっど　どどうど　どどうど　どどう、
青いくるみも吹きとばせ
すっぱいかりんもふきとばせ

おばあちゃんは幼い女の子みたいにちょこんと座って、紙芝居に魅入っている。
その目は潤んで光って見えた。真っ暗な夜空で静かに輝く、小さな星みたいに。

どっどど　どどうど　どどうど　どどう

私は声を張り上げ、おばあちゃんを物語の中に連れていく。
嵐の日に現れた、風変わりな少年になって。

6

夏越の祓

（水無月・京都）

昨日から降り続いた雨が、朝方ようやくあがった。今日は傘がいらないようだ。六月三十日。梅雨《つゆ》の合間の、つかのまの晴天だろう。

帯や足袋《たび》を揃え、紫陽花《あじさい》のような薄紫色の単衣《ひとえ》に袖を通す。久しぶりだった。和装で出かけることも、このごろはめっきり減ってしまった。

和菓子屋「橋野屋」の九代目主人が夫だったころ、私は毎日、着物姿で懸命に働いた。厳しい姑《しゅうとめ》と寡黙な舅《しゅうと》に仕えながら、夫を立てながら、ふたりの息子を育てながら。

店からはとうに退《しりぞ》いている。長男が夫の跡を継ぎ、嫁の加奈子《かなこ》さんがうちに来てから急に店の空気が一変した。彼女は私からすれば信じられないような薄っぺらいことばかり提案してくるのだ。よくわからないがインターネットでの販売だの、割引キャンペーンだの。さらにケーブルテレビやタウン誌と顔を繋げては、主《あるじ》である長男ではなく加奈子さんがぺらぺらとしゃべった。うちの和菓子がそんなふうに安っぽく扱われることは、耐えがたかった。私はそのつど止めたが、強行突破された。長男は加奈子さんの言いなりだった。母さんみたいにプライドばっかり気にして、店がつぶれたら元も子もないやろ、と。

しかし彼らのやり方は、私の意に反して今の世の中に受けた。

赤字続きだった店はすっかり持ち直し、加奈子さんは名物女将として知られるようになった。加奈子さんが「正解」だったのだ。お義母さんはもう古いのだと暗に言われたようで、それを認めるのも悔しくなり、私は店の事業から一切手を引くことを決めた。

そのかわり、私には孫の光都の面倒を見るという大義名分があった。あんたらが店にかかりきりなぶん、この子は私が立派に育ててやる。

光都は私に居場所を作ってくれた。本当に愛しかった。可愛いあまり、決して甘やかしてはいけないと思っていた。それで口うるさく言いすぎたかもしれない。今さらもう、優しい言葉のかけ方もわからなくなっていた。

外に出て歩き出す。公園の前を通りかかると、猫が一匹、樹の根元で毛づくろいをしていた。よく見かける白い野良だ。右目が黄色で左目が青く、額に小さな傷がある。

「シロ」と声をかけるとふいっと顔を上げた。私が勝手に名付けただけだ。全身真っ白だから、シロ。次男の嫁、雪乃は「マシュマロ」と呼んでいる。現れたばかりのころはもっと小さくて、ふわふわしていたのでそうなぞらえたらしい。

私は腰をかがめて訊ねる。

「長雨《ながさめ》で大変やろ。昨夜はどこにおったん？」

シロは聞いているのかいないのか、前足をぺろぺろと舐《な》めている。

「まだ梅雨は続くさかいなぁ。あんじょうしぃや」

にぃ、とシロは返事をした。お愛想なこっちゃ。私は再び歩き出す。ガードレールを挟んだ車道の端で、自転車が勢いよく私を追い越していく。

道端のポストの前で止まり、私はハンドバッグからハガキを取り出した。知人から先日、絵手紙が送られてきたのでその返事だ。ハガキの下部に、ふと目をやる。以前、長男に指摘されたことを思い出し、言われてみればそうかと思う。

自宅の住所を記入するとき、私はどうも「下京区《しもぎょうく》」という文字を大きめに書いてしまう癖があるらしい。生粋の京都人であるという誇りが、つい表れてしまうようなのだ。

ええやないの、ほんまのことやから。

京都市下京区×××。橋野タヅ。

「タヅ」というのは、私の母が世話になっていた和裁の先生のお名前をいただいた。聡明で美しく、誰からも慕われている人だった。タヅ先生にあやかって、こんな女性になるようにと母が名付けたのだ。私もタヅ先生にはずいぶんよくしてもらったものだ。だから私は、自分の名前をとても気に入っていた。しかしもう、私を下の名前で呼んでくれる人はほとんどいない。

「じゃあ、私が呼びます。タヅさんって。私のことは呼び捨てにしてくださいね」

そう言ったのは雪乃だった。彼女が嫁いできてすぐ、私がそんな話をしたときのことだ。

親しげなその申し出に、最初は面食らった。私は雪乃に怖がられていると思っていたし、雪乃はおとなしくて気の小さい女に見えたからだ。でもすぐに、そうではないことがわかった。雪乃は意外にあっけらかんとしていて、頭が良くて、そして芯が強かった。

姑をまるで友人のように名前で呼ぶなんて、私には到底考えられないことだった。時代は変わったのだなと、そんなところでも思う。

ポストの口にハガキを差し入れ、私はバスに乗るために停留所に向かう。目的地は、四条《しじょう》のデパートだ。


デパートの地下二階は、混んでいた。

そろそろお中元の時期だからかもしれない。私はきらびやかな洋菓子屋の前を抜け、和菓子屋コーナーに足を踏み入れた。

和菓子屋は八店舗出ている。私はぎっしりと並ぶ和菓子たちを横目で見ながらゆっくりと歩く。

――うちの菓子が一番や。

どこにも負けないと思う。私が店頭に立つことはもうないが、それだけは確信が持てる。

橋野屋は、奥から二番目にある。和菓子屋コーナーを一周して他の店を偵察したあと、私は馴染みのある看板の前で足を止める。

店員はひとりしかいなかった。アルバイトの女の子だろう。私に向かって「いらっしゃいませ」と笑顔を向けた。

私は目礼したが、彼女は他の客に話しかけられてすぐに私から顔をそらす。私のことなど、わからないのだ。でもそれは当然のことだろう。

十年ほど前までは、こんなことがあると古株の従業員が「ちょっとあんた、大奥さんやで。社長のお母さん」とたしなめてくれたりもしたが、そんな顔ぶれももうほとんど残っていない。

しかし皮肉なことに、それは今、私にとって好都合だった。店から一切手を引くと啖呵《たんか》を切った以上、本店舗には行きづらかった。こうして百貨店で一般客に混じっていれば長男夫婦に知られることはない。誰かへの土産や贈呈には長男に頼んで持ってきてもらうが、自分のために少しだけ橋野屋の菓子が欲しいとき、子どもがねだるようなことは言えなかった。

その若い店員は、清潔な白いブラウスに、橋野屋の前掛けをしている。髪の毛はきちんと結《ゆ》わえられているが、耳たぶのピアスがちゃかちゃかと揺れていた。そこだけが、どうもいただけない。一言物申したいのを、ぐっとこらえる。

私はガラスケースの中に目をやった。

ちゃんとある。いや、なくてはならない。今の季節だけ店頭に並ぶ、あの三角形。

私は今日、これを求めに来たのだ。

六月三十日、夏越《なごし》の祓《はらえ》の日に食べる特別な生菓子。白いういろうの上に小豆の甘煮がのった、もっちりとしたこれは……。


「水無月《みなづき》って、ありますか」


私のすぐ後ろでそんな声がして、思わず振り返った。

半袖のワイシャツにネクタイを締めた、若い男性だった。スーツの上着を片腕にかけている。彼はまだ二十代だろう、きりっとした眉がすがすがしい。そして言葉の抑揚から察するに、西の人ではなさそうだった。

「はい、少々お待ちください」

他の客を応対中だった店員は、カウンターの中でせわしなく動きながら答えた。どうやら、込み入ったことを要求してくる客にあたったようだ。

男性はガラスケースの中をきょろきょろ見ている。

私はいてもたってもいられなくなり、「水無月ってなあ、これですわ」と三角形の菓子を指さした。

水無月は店によってずいぶん違う。ういろうの固さや、小豆のバランスや。三角形の切り口をピシッと整えるところもあるし、あえて崩して素朴な親しみやすさを売りにするところもある。

橋野屋の水無月が一番好きや、とタヅ先生は言っていた。

私はその言葉がどれだけ嬉しかったか知れない。橋野屋の水無月は、小豆を透明の寒天で寄せている。豆の粒の大きさにもこだわりがあった。ういろうの柔らかさ、歯切れの良さも、熟考して生み出されたものだ。

橋野屋に嫁いでから毎年、六月三十日にはタヅ先生のところに水無月を持って行くのが私の楽しみだった。一緒にいただきながら、いろいろな話をするのだ。

「橋野屋の水無月は、きらきらしてて、きれいやなぁ」

そう言ってほほえんだタヅ先生の優しい目元を、この季節になると思い出して胸がせつなく疼く。

その水無月を訊ねた若い男性は、突然話しかけた私に臆することもなく、明るい声を上げた。

「へえ、これが水無月」

ガラスケースに顔をつけるようにしたあと、彼は無邪気な笑みを私に向けた。

「僕、名字が水無月っていうんです。水無月裕司《ゆうじ》」

そう言われて、私は「そうどすか」としか答えられなかった。知らない婆さんにいきなり自己紹介してくる屈託のなさに、少し戸惑う。

「昨日から出張で京都に来てて、明日帰るんですけど。取引先の方が、京都にはこの時季だけの水無月っていうお菓子があるよって教えてくれて、ぜひ食べてみたいと思って」

「どちらから来はったんどす？」

「東京です」

東京。光都が暮らしている場所だ。大学進学を機に上京して十年、光都はさっぱり帰ってきやしない。先月、五年ぶりに顔を見せに来たと思ったら、一泊だけしてまた戻っていった。

昔はどうも臆病なところのある子だったが、ずいぶんと垢《あか》ぬけて、考えていることをきちんと言葉にするようになった。東京で演《や》っているという紙芝居を披露してくれた姿には、柄にもなく涙が止まらなかった。宮沢賢治が光都の中に入り込んでいるのを私は確かに感じた。私の知らない東京で、光都はいろいろな経験を重ねてきたのだろう。悲しいことも嬉しいことも、おそらくたくさんの。その成長ぶりたるや、まったく喜ばしいことだ。

しかし、少しだけさみしかった。いや、少しではなくてずいぶんさみしいのが正直なところだった。私にはもう、あの子にしてやれることなど何もないのかもしれない。私など、いてもいなくてもきっと変わらない。

水無月さんは私に問いかけてきた。

「聞きかじりで申し訳ないんですけど、このお菓子、何かの厄除《やくよ》けになるんでしょう？」

店員は接客が長引いている。水無月さんの人懐こさについ気が緩んで、私の口から言葉がすべる。

「そうどすなぁ。夏越の祓と言いましてな、昔のお公家《くげ》さんは六月の終わりに氷を口に含んで暑気《しょき》払いしたはったんですわ。これから来る夏のしんどさに立ち向かおうと、気合を入れたんやろな。そやけど、当時は氷なんてえらい高級品やったから、とても庶民には食べられしまへんやろ。せやから、白いういろうを三角に切って、氷に見立てたんどす」

水無月さんは目を輝かせた。

「おもしろいなあ！」

手ごたえのある反応をしてくれたのが嬉しくて、私は思わずニヤッと笑ってしまった。はしたない。唇にぎゅっと力を入れていると、水無月さんはガラスケースの中に目をやりながら言った。

「今じゃ、こんなお菓子を買えない貧乏な庶民のほうが氷で暑さをしのいでるだろうに、まだこんなことやってるって不思議ですよね」

すっと、胸が冷えた。

この若い男性には、ばかばかしいことに映るのかもしれない。どうして時代にそぐわないことを続けているのだろうと。

しかし水無月さんはうっとりするように続けた。

「時が過ぎて、どんなに状況が変わっても厄除けの伝統がこうやって脈々と受け継がれて残ってるって、いいなあ、そういうの」

　はっと、息が止まるような想いがした。

　あらためて気づかされた。氷がたやすく手に入る時代になっても、どうしてこの菓子が受け継がれたのか。

　得も言われぬ喜びがじんわりと胸を満たしていく。私の人生に和菓子があったこと、彼のような若い世代の人に何かが届いていることに。

　水無月さんは再び私のほうに顔を向けた。

「この、上にのってる小豆にも意味があるんですか？」

　私はもうこらえることなく、ニヤリと笑った。

「小豆は悪霊祓《あくりょうばら》いどす。豆は鬼やら悪魔やらが逃げていきますよって」

　そう、受け継がれているのは、人々の願いだ。

　この世はとかくままならない。私たちは、あらゆる苦難と立ち向かい、乗り越えていかねばならない。自分では操る手立てのない、想定できない災いすべてを受け止めて。

　だから祈りを菓子に込めたのだ。みんなが達者で暮らせるように、夏の暑さにも手《て》強《ごわ》い鬼にも負けないようにと。

店員がやっと前の接客を終えた。

「お待たせしました」

申し訳なさそうに言われて、水無月さんは「いえいえ」とやわらかく首を振る。

水無月を二切れ注文し、店員が包んでいる間に彼は私に頭を下げた。

「いろいろ教えてくださって、ありがとうございます。買えて良かった。僕、ずっと前から、京都で和菓子を買うなら絶対に橋野屋だって決めてたんです」

私はぽんと心を突かれる。

「なんで？　ええ、なんで橋野屋？」

「僕、イベント関係の仕事をしているんです。ずいぶん前、テレビ局の依頼で芸人の早食い選手権って企画があったんですよ。いろんな土地の名産品を積み上げて、紹介しながらかたっぱしから食べていくっていう。橋野屋の和菓子も候補にあがっていて、たまたま女将さんが上京してたとき、僕の上司がその話を持ちかけたところに居合わせたんですけど」

水無月さんはそこで、そのときのことを思い出すようにふっと笑った。

「キー局だし、視聴率のいいバラエティ番組だし、ものすごい宣伝になるからって言ったんですけど、女将さんからそれはもうピシャリと断られました。うちのお菓子をそんな乱暴に扱われたらたまらん、どれだけ宣伝になろうとそんなことは絶対に許しませんって。大事に大事に育ててきた愛しいお菓子です、大切な時間に、じっくり目で楽しんでゆっくり味わっていただきたいんですって。目をきらきらさせて怒ってね。女将さんの深い愛情と誇りを感じて、それで僕、橋野屋のことが忘れられなかったんです」

……………伝わっていた。

私の、私たちの想いは、ちゃんと加奈子さんにも受け継がれていた。

言葉にならない想いがあふれて、私は襟に手を当てる。

戻ってきた店員に水無月さんが代金を支払い、水無月を受け取る情景を、私は恍惚《こうこつ》と眺めていた。

水無月さんはこのあとおそらくホテルの部屋で水無月を食べ、明日、東京へ帰るのだ。

「東京って、そんなにええところどすか」

私はぽつんと訊ねる。水無月さんは笑った。

「少なくとも、僕にとっては。好きな人がいますし」

照れくさそうな水無月さんの表情に、私は小さくうなずく。

せやな。光都がいるなら、私にとっても東京はええところや。


日本のすべての家の冷凍庫に一年中、無料同然の氷があったとしても、毎年、夏が来る前に水無月は人々の厄を祓う。

今はもうタヅ先生はいなくても、私が雪乃に「タヅさん」と呼ばれることで、先生はいつでもそばで笑ってくれる。

時代はめまぐるしく移り変わる。

あったものが消え、なかったものが現れる。

そんな流れに身を置きながら、私は信じたいと思った。ずっと大切にしたいものは、形を変えて伝わり続けていくということを、存在し続けるということを。

「それじゃ、失礼します。ありがとうございました」

水無月さんはていねいにお辞儀をした。私も礼を返す。

こちらこそ、おおきに。お仕事、おきばりやす。

水無月さんに続いて、私も店員に水無月を一切れ頼む。一年の残り半分の無病息災を祈って。

店員の耳に揺れるピアスがかわいらしい風鈴だと、そのときになってようやく気づき、ほわっと心がほころんだ。

7

おじさんと短冊

（文月・京都）

あたしは猫。名前はたくさんある。

ニンゲンはみんな、あたしのこと好き勝手に呼ぶから。タマとかシロとかニャーとか。食べ物の名前もけっこう多い。あたしの体が全身真っ白だからって、白いものばっかり。ミルクとかマシュマロとか、お餅とかね。最初はお餅ってなんなのよと思ったけど、背中をうーんと伸ばしてるときなんか案外一番言い当ててる気がする。すっごく伸びるの、あたしの体。我ながらうっとりしちゃうくらい、しなやかなのよ。


あたしのことを抱き上げて、物知り顔で「人間でいうと二十歳ぐらいやろ？　お年頃やなぁ」って言ったニンゲンもいた。

そんなこと、知らない。だいたい、時間ってものが全員に等しく同じ速さで同じ密度で流れているなんて、本当にそんなふうに思ってるのかしら。ニンゲンのいうところの「年齢」で何かが決まるなんて、まったくナンセンス。

ニンゲンについてはおかしなことばっかりだけど、あたしがもっとも謎なのは、みんなが大事そうに持ち歩いてるカマボコの板みたいなやつ。指でとととんとんっと叩《たた》いたり、片耳に押し当ててひとりでしゃべりだしたり、立ち止まって空だの花だのに見せつけるようなポーズを取ったり、まったく意味がわからない。

そういえばあの板、たまにピカピカ光ったり突然うなりだしたりもするから、もしかして生きているのかもしれない。そうだとしたら、ニンゲンたちに相当溺愛されてる。四角くて平べったいだけのあいつに、肌身離さず一緒にいたいと思わせるほどのどんな魅力があるのか、謎は深まるばかり。

あたしの目は、右が黄色で左が青い。オッドアイっていうんですって。日本では昔から「金目銀目」といって、縁起物なんですって。福招きとして重宝されるのは悪い気はしない。ただ、変なのって思う。ニンゲンが作った都合のいい物語。あたしはそんな特別なものではなく、ただ、ちょっと美しいだけの猫。

そんな話をなんであたしが知ってるかっていうと、古本屋のおじさんから聞かされたから。あたしはいわゆる野良というやつで、誰かひとりのところには居着かずいろんなニンゲンと顔見知りになってるけど（そしてその中で好き嫌いがかなりはっきりしてるけど）、とりわけこのおじさんが好き。

だっておじさんは、あたしの気分が乗らないときにやたらめったら触りたがったりしないし、甲高い声でカワイイカワイイって騒いだりしないし、なにやらギラギラした表情で例のカマボコ板をあたしのほうに向けてきたりしない。おじさんはいつも、開けっ放しの扉のすぐそばに置いたパイプ椅子にじいっと座って無心で本を読みふけり、あたしの姿を認めると目を細めてふふっと笑ってくれるだけ。そしてまた本に顔を戻す。

あたしが店の中に入っておじさんの足元で丸まれば、絶妙なタイミングでお尻をぽんぽんってしてくれたり、首の後ろをくりくりとさすってくれたりする。そうしてゆっくりと、穏やかな声で話しかけてくれるのよ。最高。


今日もふらりと、散歩がてらおじさんのところに行ってみた。

おじさんの古本屋は、あたしがだいたい過ごしてる梅小路《うめこうじ》公園からさほど遠くない。

人通りの少ない裏道を通って、空き家の庭を抜けて、車や自転車が来ないのを見計らって車道を渡る。

あたしはおじさんの匂いが好き。でもそれって、古い本の匂いが好きなんだって最近気がついた。なんだか安心して、とっても落ち着く匂い。紙もインクも、遠い昔の誰かの想いを吸ったまま、ゆったりとくつろいでる。急がずに、急《せ》かされずに。

そしてお店を訪れるお客さんの、静かな所作もいい。おじさんのところに集まるニンゲンは、どこかおじさんに似ているのかもしれない。

本を読んでいるときのニンゲンの姿って、好きだなって思う。美しいって思う。確かにそこにいるのに、どこかを旅しているのがわかる。体は止まっているのに、何かが動き出しているのが伝わる。

おじさんのお店は、小さい。

小さくて、古い。

おじさんはいつもひとり。

たまに、奥さんが来る。そしてお弁当を置いて少し話をして、帰っていく。

おじさんは、時間をかけてお弁当を食べる。

焼いた鮭の皮を、あたしにくれたりもする。

もうずいぶん仲良くなったと思うのに、おじさんはあたしに名前をつけず「猫さん」と呼ぶ。でもそれがなんだかおじさんらしくて、あたしは気に入っている。

おじさんのお店は、居心地がいい。

あたしはいつのまにか眠っていて、目が覚めると時々、ここで生まれたような錯覚に陥る。

本当にそうだったらよかったのに、と思う。ほんの少しだけね。


お店に着いたら、扉の前に見慣れない樹が急に生えていて、びっくりした。おじさんぐらいの背の、細っこくて青々した樹。

葉っぱの繁った枝にいろんな色紙《いろがみ》がぶらさがっている。それがひらひら、ひらひら揺れるから、あたしの意志を超えたハンターの血が騒いで、思わず飛びかかってしまった。なんだろう、これは。見たことがあるかもしれないけど、ないかもしれない。

わからない。

「こらこら」と笑いながら出てきたおじさんは、しゃがみこんであたしの頭を撫でた。

あたしの額には傷跡があるけど、ずいぶん古いものだからもう痛くはない。

「これな、短冊《たんざく》ゆうんや。今日、七夕やからな。こうやって笹《ささ》にぶらさげるんよ」

ごつごつしたおじさんの手があたしの顎を包み、その力加減がなんとも気持ちよくて、喉がゴロゴロッと鳴った。興奮を鎮めながら樹をよく見ると、それは地面から生えているんじゃなくて、傘立ての中に挿してあるだけみたい。


「今年の七夕は、晴れてよかったなあ」

立ち上がって短冊をつけなおしているおじさんの声が、遠くなる。

あたしは左の耳が聞こえづらいらしい。でも生まれつきだから、他のみんなとどう違うのか比べることもできない。

ただ、そのせいで子どものころからちょっと怖い思いはしてきた。曲がり角から現れた車や飛び降りてきたカラスに気づくのが少し遅くて、すんでのところで命からがら逃げたことがいっぱいある。

古くからいる猫のなわばりにうっかり入ってしまったときは、大きなトラ猫が怒って近づいてきたことにも気づかずに、ざあっと爪を立てられた。額の傷は、その痕《あと》。

生まれたとき、お母さんがそばにいたかもしれないけど、すぐにいなくなったかもしれない。わからない。兄弟がいっぱいいたかもしれないけど、ちりぢりにはぐれてしまったかもしれない。わからない。

気がついたらひとりだった。何があったのかぜんぜん覚えてないのに、さみしいって気持ちになったことがあるって、すごくつらかったって、その体感だけがあたしの中に残っている。

「この紙になぁ、夢とか欲しいもんとか書いて、お星さんに見てもらうんやで」

夢とか欲しいもんとか？

あたしは頭をぐるりと回す。

おじさんが色紙に向ける、甘く焦がれるようなまなざしを見て、あたしはやっとわかったの。

本ってきっと、この短冊の集まりなんだわ。夢とか、欲しいもんとか。そういうニンゲンのあこがれが、いっぱい詰まって綴《と》じられているのね。

樹にぶらさげてお星さまに見てもらうのは大変なぐらいたくさんたくさんあるから、ニンゲンはお星さまの代わりに、みんなで一生懸命、回し読みするんでしょう、そうでしょう？

「猫さんのも、書いたろか」

おじさんがあたしに笑いかける。

あたしは「けっこうよ」っていう返事のつもりで、ふいっと顔をそらし、毛づくろいを始める。

だってあたしには、よくわからない。夢とか、欲しいもんとか。

それってたぶん、ニンゲンにとって、まだ手にしていないものが未来できらきらしてる、そんな感じよね。この短冊みたいに、風に吹かれてたよりなく揺れてるのよね。あたしは先のことに興味はないし、今のままこのまま、与えられた体ひとつがすべてだもの。聞こえづらい片耳も、額の傷も、悲しかった経験も。幸福とか不幸とかではなく、ぜんぶ、あたしだけの堂々とした生涯。
何かを持ったことなんて一度もないし、これからだって何も持つ気はないわ。

ただ、大好きなおじさんが今、目の前で楽しそうに笑ってる。
ここは安らかな場所。
それだけであたしは、満足なの。

なんだか眠くなってきて、あたしは前足に顎を乗せて目を閉じる。
ねえ、おじさん。
おじさんの夢って、どんなこと？　欲しいもんって、どんなもの？

まどろんでいるあたしの耳に、笹の葉が重なるさわさわという音が、小さく小さく聞こえてくる。幻みたいにかすかな、優しい子守歌みたいに。

8

抜け巻探し

（葉月・京都）

糺《ただす》の森に、蟬《せみ》の鳴き声が響き渡っている。

広々とした参道には緑の樹々がトンネルのように庇を作り、三十を超える白いテントが両脇に隙間なく張られていた。

若い女性客が立ち止まり、私の並べた本箱にちろりと視線を這わす。しかし私がパイプ椅子から立ち上がろうと腰を浮かす前に、彼女は隣へ行ってしまった。手元では、ぱたぱたとうちわが扇《あお》がれていた。「下鴨《しもがも》納涼古本まつり」と書かれた、入り口で配布されたものだ。

毎年、お盆の時期に行われる古本市に、初めて出店した。六日間かけての大がかりなイベントで、京都だけでなく各地から古本屋も客も集まってくる。

私に割り振られたテントの場所は良いあんばいの木陰でなかなかの当たりだったが、しかしそうは言っても八月中盤、昼下がりともなれば気温は相当高い。時折気持ちのいい風が吹くことはあっても、一日野外で過ごすには工夫が必要だった。

妻の富貴子《ふきこ》が用意してくれた手ぬぐいには凍った保冷剤が挟み込まれており、額やうなじに押し付けて涼をとっていたが、それも溶けてぶよぶよになってしまった。客はひっきりなしに現れるものの、多くは通り過ぎ、少数が足を止めひやかして去り、ごく若干名が無言で小銭を払っていった。つまり、たいして売れていない。

私の店は、どこぞの古書店批評家に「選書がマニアックなのはともかく、統一感がない」と言われたことがあるが、自分が良いと思う本を集めたらどうしてもそうなってしまう。つまり私の好む書というのは著しく偏《かたよ》っている上に一貫性がないのだ。しかし読書家にとって本とはそういうものではないのか。

古本屋を始めて十年が経つ。五十二歳のときに脱サラをして起《た》ち上げた。妻あり、子なし。五つ年上の妻、富貴子は当時、高校の数学教師をしていたが、今は退職して公文教室で働いている。感情的になったりせず、頭を働かせて効率よく動くのが好きな人だ。おまけに無類の数学好きときていて、私とはまったく真逆の性格。

「お疲れさん」

富貴子のことを考えているときに突然の本人お出ましで、ぎょっとした。

「休憩、行ってきたらええやん、店番したるから」

そういえば彼女は今朝、「行けたら行くわ」と言っていた。これまで富貴子は、店に立ったことはない。時々昼に弁当を届けてくれるぐらいだ。

私の商売に関しては興味がなさそうなのであてにしていなかったが、今日は物珍しさに惹かれて来てくれたのか。

小さなクーラーボックスを肩にかけている。何も言わずにジッパーを開き、かちかちの保冷剤を取り出してこちらによこした。私も黙って受け取り、手ぬぐいの中身を交換する。クーラーボックスの中には冷えた缶ジュースも入っていた。

「水筒も持ってきたで。冷たいお茶、もうなくなるころやろ」

「ありがとうさん。値札通りに売ってくれればええから。ほな、行ってくるわ」

私は水筒を受け取り、持参の握り飯を抱えてテントを出る。出来すぎた妻も若々しいとはいえ六十七歳で、酷暑の中、長時間ひとりで働かせておくのは申し訳ない。それに、客に質問をされたら何も答えられないだろう。私はまずトイレをすませたあと、参道脇のベンチに座って握り飯を急いで食べ、茶を飲んだ。

行き交う人々の流れをぼんやり眺めながら「これで良かったんかな」と何度目かに思う。

十年前、会社を辞めて古本屋をやりたいと言ったとき、富貴子は「好きにしたらええよ」としか言わなかった。こう言っては何だが、当時の私は役職についていてかなりの収入があった。だからそんなにあっさり受け入れられるとは思っておらず、ずいぶん驚いた。商売のしょの字も知らないような私が、豊潤な利益を生むとは思いづらい小さな古書店経営に踏み切ろうというのに、彼女は干渉してこなかった。富貴子は普段からさばさばしていて、何を考えているのか、あるいは何も考えていないのか、よくわからないところがある。

正直なことを言えば、富貴子が安定した職に就いていることで甘えていたのも否めない。今日まで迷惑をかけない程度に、かつかつではあるがなんとか店を回してきた。しかしあのまま会社員を続けていたら、もっと楽な生活をさせてやれたのにと思ったりもする。

本当は、無理させてるんちゃうかな。富貴子は結婚したことを後悔してるんちゃうかな。

それは繰り返し芽生える懸念だったが、これまで一度も口には出せずにいる。

一息ついて会場に戻ると、途中のテントでなじみの顔を見かけた。

ふくよかな笑顔が、「おお、吉原《よしはら》さん」と私を呼び止める。古書店組合で懇意にしている江田杉《えだすぎ》さんだ。

「江田杉さんのテント、ここやったんか。売れてますか」

私が訊ねると、江田杉さんは「まあまあやな」と満足そうに笑った。

これはまあまあちゃうな、えらい売れとるで。私は腹でそうひとりごちながら「そうかぁ」とうなずく。

「ところでな、吉原さん。アレ、とうとう手に入れたで」

「アレって?」

江田杉さんはにんまりと口角を上げ、ぼそっと答えた。

「アレやがな。吉原さんも憧れやってゆうてたやろ……太宰《だざい》や」

私は目を剥いた。

それは、それはそれは、太宰治《おさむ》の『晩年』の初版のことか。組合員の小宮山《こみやま》さんが競り落としそこねたと悔しがっていた、アレか。

「帯付き、アンカットの美本やで」

「ええなあ、ええなあ。なんぼしたん？」

「――――二百万ッ！」

私はひゃあーっとたまげて手を広げ、江田杉さんはふがーっと興奮して鼻の穴を広げ、おっさんふたりが色めき立っているところに客から「すみませーん」と声がかかる。江田杉さんは「へーい」と景気よく返事をし、私は軽く会釈をして場を離れた。

ええなあ、『晩年』の初版か。アンカットやて。

アンカットとは小口を裁断しないで製本した書物のことで、購入した者はペーパーナイフで袋の部分を自分で切り開きながら読んだのだ。なんと趣深い作りだろう。『晩年』初版のアンカットは大変な希少価値がある。小宮山さんが競り落とそうとしていたのはさらに太宰の署名入りで、三百万円近くしたはずだ。

しかし古書コレクターにとってはそう珍しい金額ではなく、中には何千万円もする高値で取引されている本もざらにある。

自分のテントに戻ると、富貴子はパイプ椅子に座り、台の隅っこでボールペンを動かしナンプレをやっていた。区切られた正方形の枠の中に数字を入れていくパズルゲームだ。

「ただいま」

「あれ、早かったな。もっとゆっくりしてきたらええのに」

「今な、組合の人に会ったんやけど、太宰の『晩年』の初版、二百万で買《こ》うたんやて」

「へえ、今日ここで売ってんの？」

「売りまっかいな」

私が首を振ると、富貴子は「さよか」と言ってボールペンの尻を額に当てた。古本がそんな高額になるなど、この手の話はさっぱり理解できないらしい。

そんな本は、小宮山さんにしろ江田杉さんにしろ、店頭に並べて展示することはあるかもしれないがそうそう売る気はないだろう。「持っている」というのが誇らしくて嬉しいのだ。

「客に売らんと、古本屋同士で本ぐるぐる回してどないするん」

富貴子があきれたように笑う。こんなときにも、富貴子は夫が古本屋をやっているなんて本当は嫌なのではないかと感じてしまう。

ところで何も報告がないということは、私の休憩中の売り上げはゼロだったようだ。

ナンプレをしているぐらいだから暇だったに違いない。椅子はひとつしかないので、富貴子を座らせたまま私は隣に立ち、はがれそうな値札をつけなおしたりしていた。

そこに、大学生風の若いカップルが通りかかった。ふたりは手を繋いでおり、空いているほうの手もそれぞれうちわとペットボトルで埋まっている。恋人なのだろう。

男の子のほうが、ひょいっと体をねじらせて叫んだ。

「ああっ！　イソギンチャク探偵……！」

一番端の百円均一箱に詰め込んであった漫画本に目を留めたらしい。瞳孔の開いた目、半開きの口。狂喜がにじみ出ていた。

もう次のテントに行きかけていた女の子が、繋いでいた手に引っ張られるようにして振り返る。

「え、イソギンチャクて！」

女の子は顔を歪《ゆが》ませて笑った。男の子は持っていたうちわを反対側の小脇に挟み、不自然な格好で漫画に手を伸ばす。どうあっても彼女の手は離さへんのやな、と私は変なところで感心した。

「ちょっとタカハル君、まさか買うん？　この絵、不気味やん」

女の子が眉をひそめてそう言った瞬間、タカハル君と呼ばれた彼は、予想外の異物を口に含んだような顔をした。そして「はは」と力なく笑い、いったん漫画に触れた手を引っ込めてうちわを持ち直す。

ふたりはそのまま去っていったが、私はなんとなくその漫画を箱から下げた。

『イソギンチャク探偵』。全三巻完結のうち、ここには二巻が一冊あるのみ。

発行は二十年ほど前になる。作者の音塚《おとづか》ブンが初期のころに描いていた少年向けの作品だ。

そんなに話題性のある漫画ではなかったし、たしかに絵が稚拙で気味悪い。音塚ブンはこのあと数作出したきりだと記憶している。あんな若い子がよく知っていたものだと思う。

主人公は、頭がイソギンチャクで胴体が人間の探偵である。ギャグ漫画ではあるのだが、ストーリーはなかなか深く、たまにほろっとさせられたりもする。彼は正義そのものでありながら、自分が毒を持っていることに苦しむデリケートな男なのだ。

この本は、流れ流れてうちの店にたどりついた、二巻だけのはぐれ者だった。正直なところ、私自身にそこまで情熱のある本ではない。でも、イソギンチャク探偵に魅せられた読者が必ずいるという確信はあった。

この世に本はたくさんある。いや、たくさんたくさんたくさん、さらにもっとたくさんだ。どんどん出て、どんどんどんどん消えていく。

だからこそ、こんなふうにぽつんと置き去りにされた一冊を、私が預かっていてもいいんじゃないかと思うのだ。どこかでそのたった一冊を探し求めている誰かを、ゆっくり待っていようと。

「あの」

声をかけられ、まるで手を打つようにポンと胸が鳴る。

ほら、来た。汗をかきながら、息せき切って。

「イソギンチャク探偵、売れちゃいましたか」

タカハル君だ。箱の中に姿がなくて、きっと愕然としただろう。切なげな声で訊ねてくる彼に、私は満面の笑みで本を差し出す。

「取っといたで」

タカハルくんはぱあっと目を輝かせた。

「ええっ、ありがとうございます！　僕がまた来るって、わかってたんですか」

「長年のカンというやつやな」

ジーンズの尻ポケットから財布を取り出し、タカハルくんは百円玉をよこした。そういえばうちわは、背中側の腰に差さっている。

私は紙袋に本を入れて渡した。タカハル君はそれを両手で受け取る。これで『イソギンチャク探偵』二巻は、彼のものになった。

「この漫画、中学生のときに公民館のリサイクルラックに一巻だけあったんです。ご自由にどうぞって、みんなが置いていくやつ。気になって持って帰ったらすごく面白くて、二巻以降も欲しくなったんですよ。でも相当古い漫画で普通の本屋さんにはぜんぜんなくて、調べてみたら絶版になってるし。高校に入ってから古本屋でなんとか三巻が先に買えたんだけど、そのあとはどれだけ探しても、二巻だけ見つからなかったんです」

「そりゃ長い道のりだったなぁ。抜け巻を探すの、案外大変やからな」

「嬉しいなあ、コンプリートできた。一巻から三巻に飛んだら、いきなりクマノミ婦警ってキャラがいて、イソギンチャク探偵の奥さんになってたからびっくりしたんですよね。これでやっと、ふたりのなれそめがわかる」

タカハル君は頬ずりせんばかりに喜んでいる。

「彼女さんは？」

「トイレに行くっていうから、その隙に」

なるほど、それはさすがに手を繋いだままではいられない。タカハル君はふとうつむき、ひとりごとのようにつぶやいた。

「………不気味って言われて、趣味悪いと思われたくなくて。彼女とは好きなものも性格もだいぶ違ってて、僕がなるべく合わせるように努力してるんですけど」

それまで黙っていた富貴子が、のんびりと言った。

「合わせんでも、ええやん」

へ、とタカハル君が顔を上げる。富貴子は続けた。

「それに、好きなもんとか趣味は、まったくおんなじじゃなくてもええんやないの。性格違うほうがうまくいくこともあるで」

私がはっと富貴子に目をやるのと、タカハルくんが「そうか」と答えるのがほぼ同時だった。

「そうですよね。イソギンチャクとクマノミだって、違う生物だけども持ちつ持たれつ補い合ってるんですもんね」

タカハル君はそう言いながらうんうんとうなずき、「じゃあ！」と片手を挙げて走っていった。もう片方の手で、しっかりと本を抱えて。


「あんたの隣で初めて古本売りして、ちょっとだけわかったわ」

缶ジュースを一口飲み、富貴子が言った。

「あの本、ずっとタカハル君が迎えに来るって知っとったんやな。長い間、ここでじいっと待ってたんやなって思った」

「…………うん」

そうだ。

待っていたのは私だけじゃなくて、本も一緒だ。それを富貴子が感じてくれたことが、嬉しかった。このあとタカハル君があの本とどんな豊かな時間を過ごすのだろうと思うと、ほんとうに満ち足りた気持ちになる。私は互いを引き合わせることができたのだ。

「ええしごと、してるな。あんた」

ふいうちの富貴子の優しい声に、ぼろっと涙が出た。

それは自分でも思いがけないことで、私はあわてて手ぬぐいの端で顔の汗を拭くふりをする。

富貴子は気づいていないのかあえて見ないふりをしているのか、本の群れのほうへ向かって言った。

「私な、あんたが会社辞めるって言ったとき、ほっとしたんよ」

「え？」

「しかも古本屋やるって言うやろ。ああ、良かったなあって。あんた、サラリーマンやってたころ、いつも無理してとんがって、誰かにキリキリ怒っちゃあ、そんな自分に落ち込んでたからな」

そうだった。人を蹴落としながら頑張って成果を出しても、何かが違うと感じていた。自分の中に嫉《ねた》みや傲慢さが湧き出てくることが、しんどかった。さながら毒を持つ我が身に苦しむイソギンチャク探偵のように。

「…………富貴子は不安にならんかったんか。金のこととか、本当にやっていけるのかとか」

「まあ、まったくないって言ったらウソやけど。でもそれまで会社勤めがんばって蓄えてきたんやし、このままじゃこの人、壊れてしまうんやないかなってそっちのほうが心配やったよ。古本屋って私にはようわからん世界やけど、あんたがあんたらしくいられるほうが何倍もおもろいやん。私だってずっと、私の好きなように生きてるし」

そうか、そうだったのか。そんなふうに思ってくれていたのか。

合わせんでも、ええやん。さっきの富貴子の言葉がよみがえる。たしかに彼女は、決して私に合わせたりしない。自分の道を自分で守り歩きながら、私を尊重してくれていたのだ。ずっと。

よかった、私は間違っていなかった。富貴子はそんなにも温かな想いで見守っていてくれた。私の人生で抜けていた「二巻」を、今やっと読めた気分だった。

ぱちっと目を合わせると、富貴子はいたずらっぽく笑って言った。

「それに私、昔より今のあんたのほうが好きやで」

うわあ、と声を上げそうになり、私は再び手ぬぐいで顔を覆った。

私はなんと幸せな仕事をしているのだろう。

私のそばにいるクマノミは、なんと愛おしいことだろう。

「暑いなぁ、今日はほんまに暑いわ」

顔から手ぬぐいが離せないまま、私はただそう繰り返す。

糺の森に響く蝉の鳴き声はいっそう大きくなり、親切なことに、私の小さな嗚咽《おえつ》をかき消してくれた。

9

デルタの松の樹の下で

（長月・京都）

生まれて初めてできた彼女に、わずか一ヵ月であっさり振られてしまった。愛知《あいち》のはずれにある小さな町から京都の大学に進学して、それと同時に入ったイベントサークルで知り合った千景《ちかげ》ちゃんには、ほとんどひとめぼれだった。

四月五月六月七月、試行錯誤のアプローチの末、やっとOKをもらったのが八月の頭。舞い上がっていたのもつかの間、千景ちゃんからの「別れよ」というラインのひとことですべてがおしまいになった。まだ一週間前のことだ。

イベントサークルというのは何をするのかというと、カラオケとかテニスとか小旅行とか、要はみんなで楽しく遊ぶのが活動内容だった。今日はボーリングに行ったあと、ただみんなでワイワイしたいだけのメンバーが七人ほど、鴨川《かもがわ》デルタになだれ込んでいる。Y字に流れる賀茂川《かもがわ》と高野川《たかのがわ》の合流地点となる三角州がそれだ。

僕は一本松の樹の下にひとりで座っていた。出町橋《でまちばし》を背後にして、この松の樹は賀茂川のすぐ近くに生えている。小高い丘になっているここから前方には石造りの階段があり、それを降りたところに続く尖《とが》った先端に千景ちゃんがいた。石畳の上で男女入り混じって、何を話しているかはわからないけどきゃあきゃあと笑い声だけは聞こえてくる。

　サークル内の恋愛は、つきあうときも別れるときもあっというまに広まる。僕が何も言わなくてもみんなは事情を察しているようで、同情的な視線がつらかった。

　そもそも、京都屈指のお嬢様高校出身の千景ちゃんがなんで僕とつきあっているのか、疑問に思っていたヤツもいっぱいいいたに違いない。千景ちゃんに限らず、他のメンバーだって貴族みたいに洗練されている。入学式のときに渡されたチラシを見てなんとなく入ってしまったサークルは、付属の中学や高校からの持ち上がりでグループが出来上がっていたり、家が裕福でこじゃれた連中ばっかりで、田舎者丸出しのさえない僕は場違いな空気を感じていた。

　なのになぜのこのことサークルに顔を出して、ボーリングが終わってからもだらだらと帰らずにいるかというと、万に一の望みでも、もしかしたらもしかして、千景ちゃんのそばにいさえすればリベンジチャンスがあるかもしれないと思うからだ。実際にはこうやって、離れて遠目に眺めていることしかできないくせに。

　九月中旬、午後五時の空はまだ明るい。近くのベンチでカップルが身を寄せ合い、語らっている。川を挟んだ向こうの土手では、自転車やジョギングしている人の姿が行き交っていた。

スケッチブックを抱えた外国人男性がやってきて、僕がいるのと反対の、高野川サイドの石垣に座った。ここで絵を描くんだなと見ていたらぱっと目が合い、優しくほほえまれた。面食らいながら、僕もひきつった笑みを返す。

「あれ、孝晴《たかはる》」

不意に声をかけられて顔を上げると、同級生の実篤《さねあつ》がいた。イベントサークルには入っていないので、たまたまデルタに訪れたのだろう。着古したボタンダウンのシャツにジャージズボンという、おかしな恰好《かっこう》はいつものことだ。

文豪と同じ厳かな名前を持ちながら、彼は陰で「バケツ」と呼ばれている。掃除で使うような、持ち手のついたプラスチック製の青いバケツを鞄《かばん》の代わりにしているからだ。教科書、財布、スマホ、飲食物、タオル、見たことのないキャラのマスコット、ぼろぼろのポケット詩集。ありとあらゆるものが一緒くたにぶちこまれている。

「ええところにおった、ちょうどよかったわ。これ、さっき読み終わったから返すな。ありがと」

実篤はバケツから紙袋を取り出し、こちらによこした。僕が貸していた漫画本三冊だ。わかってはいたことだが、大事にしている本が薄汚れたバケツから現れて、僕は少々苛立《いらだ》ちを覚える。

「ほんとにどこでもバケツなんだね」

ちょっと揶揄《やゆ》めいた口調になってしまったものの、実篤は気にする様子もない。

「うん、なんでもすぐに取り出せてええで。丈夫だし、どこでも置いておけるしな。ここ、いい？」

座っていいかってことだ。ちらっと迷いが生じる。サークルのみんなに、こんな変わり者の実篤と仲がいいと思われたくない。ちょっとしたなりゆきで漫画を貸しただけだ。

しかし実篤は返事を待たず、樹の根元にバケツを下ろして僕の隣に座った。バケツからさっとペプシのペットボトルを抜き、一口飲んでまた戻す。

認めたくはないが、たしかに使いやすそうだった。飲み会にまでそのバケツを持ってきたという噂《うわさ》を聞いたときには笑ったけど、今日みたいに野外ではむしろ何かの役割を担《にな》っているかのようだ。

「せやけど、バケツなら何でもいいわけじゃなくて俺なりにこだわりはあるんやで。サイズは五リットルが最適で、持ち手が楕円になってると長時間運びやすい」

「…………へえ」

「あ、でもこないだ、カメムシが入りこんでるの気づかんで、えらい目にあったな」

僕は思わず眉間に皺《しわ》を寄せ、漫画本が入っている紙袋のにおいを嗅《か》いだ。なんとか無事なのを確認し、自分のリュックに収めようとしたところで実篤が言う。

「『イソギンチャク探偵』、めっちゃ面白かったわぁ」

「だろ？」

うなずきながら、やっぱりこの漫画がだめだったのだろうかと思う。僕は紙袋の口から漫画本を半分出し、表紙を見た。「この絵、不気味やん」と言った千景ちゃんを思い出す。

お盆に下鴨神社で開催されていた古本市で、長年探し求めていた漫画の二巻を見つけた。千景ちゃんに気づかれないように買って隠していようと思ったのに、手に入ったのが嬉しくてつい「やっぱり買ったんだ」と見せてしまった。笑われちゃうかなと思ったけど、彼女は笑わなかった。その代わり真顔になって目をそらしたので、僕はあわてて千景ちゃんが喜びそうな話題に変えた。でもそれ以降、なんだか会話が途絶えがちになった気がする。

　別れを切り出されて意気消沈していた先週、学食で漫画本を読んでいる実篤を見かけた。何気なく手元を見たら表紙に音塚ブンとあって驚いた。『イソギンチャク探偵』の作者だ。『めらんこりっくピカタ』という、僕の知らない作品だった。

　それで、普段はめったに話すことがない実篤に思わず声をかけてしまった。傷心で不安定になっていてそんな行動に出てしまったのかもしれない。その流れで漫画本を貸し借りすることになったのだ。

　実篤が貸してくれた『めらんこりっくピカタ』は、先月出たばかりだった。音塚ブンはもう漫画家として活動していないと思っていたけど、よくよく調べてみたら細々とイラストやデザインの仕事を続けていたらしい。マイナーなエンタメ系の雑誌で四コマ漫画を連載していて、それが書籍化したのだ。

　前方で突然、わーっと声が上がった。三角形の先を見ると、女の子たちが三人で飛び石を渡り始めている。

　三角州から岸へと渡れるように置かれた、いくつもの大きな石だ。千景ちゃんも、ぽん、ぽんとジャンプしている。ショートパンツからすらりと伸びた白い脚が、亀の形をした大きな石の上に着地した。

……やっぱり可愛いな。僕はため息をもらした。

ラインでの別れ話に、僕の悪いところは全部なおすから言ってほしいと懇願したら、困った顔のスタンプ付きで「孝晴くんって、悪くはないんだけど」と返ってきた。悪くはないが良くもないってことだ。つまりは三角。合格点には至らない。

あんなにそばにいたのに、離さないようにしっかり手を繋いでいたのに、今の僕にとって千景ちゃんは太陽や月と同じぐらい遠い。思わず涙が出そうになって、僕は上を向いた。

「……あれ」

空を見上げ、泣いているのをごまかすために僕はつぶやく。

「昼間にも月って、見えることあるよな。今日は見えないな」

「そりゃそうやろ。今夜、満月だもん」

「え？　満月だと見えないの？」

実篤は松の樹の幹にもたれ、空を指さしながら言った。

「満月は太陽の反対側にあるから、日没頃に東から昇って日の出で西に沈むやろ。だから青空に満月が見えるってことはない。日中によく目にするのは、昼頃に昇ってくる上弦の月やな。右半分が丸いやつ」

実篤の説明によると、左の高野川が東、右の賀茂川が西らしい。不覚にも、実篤がカッコよく見えてしまい、僕は感嘆の声を上げた。

「よく知ってるなぁ」

「それも今日、中秋《ちゅうしゅう》の名月やで。満月中の満月。俺、今夜はここでこのまま月見しようと思って来た」

長居を決めてきた実篤のバケツの中には、パンや団子、スナック菓子に、新しめの雑誌も入っていた。

「あ、これ、音塚ブンの」

僕が雑誌を指さすと、実篤は「そうそう！」と弾んだ声を出す。

例の四コマ連載、『めらんこりっくピカタ』が載っているエンタメ雑誌だ。実篤はずっと連載を読んでいたのに、書籍化してもなお、わざわざ買うほどこの漫画が好きらしい。雑誌をめくりながら、実篤が首をかしげる。

「こういう熱心なファンがおるのに、なんで音塚ブンって売れへんのかなあ」

僕はうん、と一呼吸置いてから答えた。

「四コマも面白いけど、僕、音塚ブンの本当の良さって、ストーリー展開だと思うんだよね。すごいグッとくるセリフがあるし。もう長編描かないのかな。『イソギンチャク探偵』読んでて、ここはこうしたらもっと良くなるのにとか、こういうところが素晴らしいからさらに強調してとか、思うことがいっぱいある」

「それ、音塚ブンが聞いたら泣いて喜ぶで。孝晴、卒業したら編集者になれば」

「いや、無理でしょ。出版社は狭き門だし、まして漫画編集者なんて」

「でも誰かはやってるわけやろ。孝晴もその誰かになればええやん」

そりゃそうだけど。

正直に言うと、考えたことがないわけでもない。実際、うちの大学の卒業生が、漫画も出している大手出版社に就職していることも受験前から調査済みだ。

でも今の僕は、そういう向上心のようなものをすっかりなくしていた。その理由は「どうがんばればいいのかわからない」という点に尽きる。就職活動がすべて数学や英語の筆記試験だけで合否が決まるなら、どれだけ希望が持てただろう。

僕が通う大学は世間的に高学歴を誇れる名門校で、特に僕の地元みたいに小さな田舎町では、あそこの大学受かったんだってそれだけで一目置かれるようなところがあった。

進学校に通っていた僕にとって、高校までは努力の仕方がわかりやすかった。偏差値の高い大学に合格するという目標を達成するために、テストや通知表の点数が優劣を明確に教えてくれたからだ。男子校だったから女の子と話すこともほとんどなかったし、制服以外の洋服にも無頓着だったけど、そういう「アイテム」に必要性を感じたこともなかった。成績順のヒエラルキーではいつもトップにいて、学校でも親戚からも孝晴はスゴイねって称賛されて、それでずいぶんといい気になっていた。

でも大学生活が始まってから困惑した。ここでの優劣や良し悪しは、数字じゃなくて、もっと感覚的な何かなのだ。その体感をもって、僕はいつも三角形の下のほうにいる気がしている。

そしてそれは、大学生活を終えて社会人になってからもずっと続くのだろう。僕の人生の輝かしいピークはきっと大学に現役合格したときで、そこからは下降する一方としか思えない。

がんばろうとすればするほど、どんどんわからなくなる。どうすればよかったのかわからない恋愛、どう組み合わせればいいのかわからないファッション、どう話せばウケるのかわからないネタ。ただひとつわかるのは、僕が圧倒的にダサくて金もセンスもないってことだけだ。

「あれ、うちの大学のやつらだ」

今頃になってやっと気づいたようで、実篤が前方を見ながら言った。

「うん。僕と同じサークルの」

「あっち行かなくてええの?」

僕はうつむく。

「…………入学してから半年近く、がんばってみたんだけどさ。バカにされないように、服装とか持ち物とか、無理してみんなの真似して。でも最初から違ったんだよ。あいつらは生まれながらにして三角形の頂点なんだよな。この大学に入れるだけの頭と環境があって、見た目も華やかで、家が金持ちで、ソツがなくて。僕はずっと底辺にいるんだ。まさに今いるこの場所みたいに」

橋を底辺として、その付近にぽつんと座っている僕。

すぼまった先端の石畳ではしゃいでいる千景ちゃんたち。

顎に指をあてながら、実篤が言う。

「うーん、いわゆる格付けみたいなこと？」

「まあ、そうかな。僕はあんなふうに輝くことなんて、きっともう一生ない」

すると実篤はいきなりガバッと立ち上がり、僕をまっすぐ見据えた。

「あっちしか見てないからやろ？　体の向きを変えたら世界が一転するで」

そして松の樹をくるっと九十度回り、賀茂川を正面にして立った。実篤に促され、僕も隣に並んで立つ。背後にあった橋が右隣になり、すぐ下に川の淵が見えた。

「ほら、こっち向けばすぐそこが三角の頂点だし！」


……………ほんとだ。

笑ってしまった。まるで手品みたいに感動的だった。頭の中で三角形の向きがパタンと変わる。底辺にいると思い込んでいた僕はさっきまでと打って変わって、この三角地帯の上部に立っていた。

そうなってみると突然、いろんなことがばかばかしく思えてきた。ただ目の前に流れる川のせせらぎが気持ちよくて、ゆらゆら揺れる水面がきれいで。

「人が輝く場所もタイミングも、それぞれやと思うで」

実篤に言われて、僕はデルタをぐるりと一望する。

河川敷に座り込んで文庫を読みふけるサラリーマン、芝生《しばふ》で昼寝してるおじさん、階段でシャボン玉をしている親子。そして一本松の樹の下にいる僕たち。三角州のどこもかしこもそれぞれが味わいのあるいい場所で、めいめいにいい時間を過ごしていると思った。数学の難問が解けたみたいに、パーンと急に頭がクリアになる。

そもそも、優劣ってなんだ？　頂点とか底辺って、なんなんだ？　数字で測れないならなおさら、どこが一番いいかなんて比べることはできないのに。

僕がみんなにバカにされることを怖がるのは、今まで僕自身が、自分より成績の低いクラスメイトを心のどこかで見下していたことの裏返しじゃないか。彼らが僕の知らないどんな豊かな経験をしているのか、想像すらしないで。

陽《ひ》がだいぶ落ちてきた。

昼間は暑いぐらいだったのに、そろそろ肌寒い。ふとサークルメンバーのほうに目をやると、飛び石から陸に戻ってきた千景ちゃんが、七分袖のシャツの上から二の腕をさすっている。

次の瞬間、蔵本《くらもと》という茶髪の男が自分のパーカーを脱いで千景ちゃんにふわっとかけた。千景ちゃんはごく自然なしぐさでぶかぶかのパーカーに袖を通し、蔵本ににっこり笑いかける。

ぱちん、と目が覚めたような気がした。

…………ああ、なんだ。そういうことか。

イソギンチャク探偵が悪いんじゃない。

千景ちゃんはもうとっくに、次の相手を見つけていたのだ。

それを目《ま》の当たりにしながら、さほどショックを受けていない自分がいた。

つきあっている間、僕はずっとビクビクしていた。千景ちゃんに気に入られる自分であろうとして、一緒にいて自信の持てない相手に必死になって、ひたすら消耗していた。

やっとわかった。それは自分が輝くための努力とは違うってこと。

松の樹の根元に置かれた、満月みたいに丸いバケツには、実篤の世界が詰まっている。

僕もこんなふうに、本当に好きなものや大切なもの、知りたいことを、もっともっと集めていこうと思った。そして取り出して使っていこうと思った。誰かにすぐには認めてもらえなくても、僕にとって心地いい場所で、僕のやりたいタイミングで。

まだ僕らには姿を見せない月だって今、すぐそこでこっそり満ち満ちて、出番を待っている。

石畳にいた彼らが階段を上ってくる。固まってわいわいと、こちらに向かって歩いてきた。僕は静かな気持ちでその光景を見つめる。
「孝晴はまだ帰らんの？」
通りがけに蔵本が言った。千景ちゃんはこちらを見ようともしない。僕がいるって
わかっていて、無視を決め込んでいる。
僕は、はっきりと答えた。
「うん、今日は実篤と、これから大事なイベントがあるから」
蔵本は興味なさそうに「ふーん」と言い、みんなで楽しそうに去っていく。
千景ちゃんの後ろ姿を見送りながら、たとえ一ヵ月でも、ＯＫもらってつきあえた
僕ってすごいがんばったじゃん、と初めて思った。
ありがとう、千景ちゃん。
陽ざしを浴びてきらきらしていた彼女に、ちゃんとさようならが言えた気がした。
橙色《だいだい》に染まる夕暮れの川べりで、太陽が沈みかけている。
月が昇るのを待ちながら、僕はこれからやるべきことをわくわくしながら考えてい

た。いろんなところに行って、いろんな人に会って、いろんな経験をして。本もいっぱい読むぞ。恋だってするぞ。なんでもう人生終わったような気持ちになっていたんだろう。まだ始まってもいなかったのに。
音塚ブンは待っていてくれるだろうか。僕が出版社に入って、一人前の漫画編集者になるまで。

シラサギが一羽、川の向こうへ飛んでいくのが見えた。
中秋の名月。
青空では身を潜めていた満月が輝くのは、これから訪れる美しい漆黒《しっこく》の夜空だ。

10

カンガルーが待ってる

（神無月・京都）

なんだか妙にそわそわするような、この甘い香りはキンモクセイという花から漂《ただよ》ってくるらしい。

きゅっと鼻に響くほどの強さなのでどんな大輪の花なのかと思いきや、民家の庭に植えられたそれは、小さな小さなオレンジ色の花が枝に密集していて驚いた。

毎年、十月に入るころになると、日本のいたるところでこの香りが町中に流れ出すという。京都も例外ではなく、たしかに今日は十月一日だ。僕のように時間に大らかすぎるオーストラリア人は、植物の時計の正確さを少しは見習ったほうがいいかもしれない。

「キンモクセイ、マークは初めて見た？　たしかにシドニーではめったに植えられてないからね」

僕の大切な友人が言った。日本人で、五十歳を少し過ぎているので僕より十二歳ほど年上だ。ほのぼのした風貌で人を和ませたかと思うと、時折ピシリと鋭いことを言ったりする。まったく面白くて刺激的な人だ。

彼は「マスター」と呼ばれている。オーストラリアの大学院の修士号を持っていることが由来だと僕は思っていたが、理由は他にもあるらしい。長とか、進行役とか、師匠とか、いろいろ。東京では喫茶店のマスターもやっていると聞いた。

「うん。いい匂いだね」

僕が答えると、マスターは少し首を傾けた。

「そうだね。でもなんだかちょっと、せつない気持ちにもなる」

「そうなの？　どうして」

「うーん、説明は難しいんだけど、そういう日本人はたぶんたくさんいると思うよ。キンモクセイが香るってことは、ああ、秋なんだなあって、そう感じるだけでセンチメンタルになるような」

日本語が話せない僕に対して、彼はいつも流暢《りゅうちょう》な英語で話す。この場合の「説明は難しい」というのはおそらく、英語に置き換えられないのではなく言葉で表現しづらい感情なのだろう。そして実際に、秋を感じるとどうしてセンチメンタルになるのか僕にはよくわからなかった。

「それと、昔はトイレの芳香剤っていうと決まってキンモクセイの香りだったんだ。

だから古いトイレを思い出して気が滅入るっていう人もいるよ」

「へえ。秋とトイレを感じると、せつなくなるのか」

ますます首をかしげる僕を見て、マスターが吹き出す。

「あとさ、俺の場合だけど、小学生のころ、クラスメイトにチャコちゃんっていう女の子がいて、どうしてだか俺によく手紙をくれてて」

「うん」

「彼女がいつも使ってたのが、キンモクセイの香りがするペンでね。当時、流行ったんだよ、その手の文房具。カンガルーと握手してみたいなんて可愛いこと書いてきてさ。俺もそれはすてきだと思って、オーストラリアならできるかもなんて返事したな。それで一緒に地図や図鑑でオーストラリアのこと調べたりしてね。でも小学生なんてガキだから、どうこうならないまま中学が離れてそれきりになっちゃって。この年になってもまだ、この匂いを嗅ぐとチャコちゃんのこと思い出すなぁ」

「それが一番、せつない話じゃないか」

「ほんとだな。俺がオーストラリアに興味を持った一歩がそれって、なんか泣ける話だろ。チャコちゃんがきっかけですごく好きな国になったんだ、今では出向いて仕事するほどにね。いまだにカンガルーと握手なんかしてないけど」

僕とマスターは顔を見合わせて笑う。

シドニーでインテリアの仕事をしている僕と、空間デザインに携わっているマスターは、長年のビジネスパートナーでもある。シドニーでは何度も会っているが、こうして彼の母国でたわいもない会話を楽しめることがとても嬉しかった。

九月半ばに京都出張があった。それ自体は数日で終わる仕事だったが、せっかくなのでホリデーを取って二週間ほど滞在することにした。

京都は素晴らしかった。絵を描くのが好きな僕は、スケッチしながらあちこち回った。平等院《びょうどういん》鳳凰堂《ほうおうどう》、東福寺《とうふくじ》、鴨川デルタ、歴史ある街並み……。存分に観光や散策を楽しみ、明日のフライトでシドニーへ帰ることになっている。

今日はマスターとたっぷり終日一緒に過ごすと決めていた。彼は手広くいろいろな仕事をしていて、実家のある京都、居住している東京の他に、国内でも海外でもそこら中を飛び回っている。僕が京都にいるというので、帰国前に一日だけ、仕事をやりくりして時間を作ってくれたのだ。

僕とマスターは京都の町をゆっくりと歩き続ける。キンモクセイの香りはしばらく僕たちの後をついてきたが、骨董《こっとう》屋の角を曲がったあたりでふいっと姿を消した。

「さて、着いた」

シックな緑色の建物にたどりつき、マスターが言った。美味しい和食屋でランチを済ませたあと、マスターが連れてきてくれたのは彼が経営する画廊だ。

僕が描いている絵を彼はとても気に入ってくれて、数年前からこの画廊にもいくつか置かれているが、実際に訪れるのは初めてのことだった。

扉を開けると白いカウンターに受付スタッフの女性がいて、清楚《せいそ》な笑みで僕たちに目礼をした。

画廊は細長い作りになっている。外観はこじんまりして見えるのに、中に入ってみると奥行きがかなり深い。それはまるでマスター自身を表しているかのようだった。

マスターは女性スタッフに簡単に僕を紹介すると、奥の展示スペースにちょっと目をやり何か訊ねた。日本語なので僕にははっきりわからないが、たぶん「お客さんの評判はどう？」みたいなことだろう。スタッフの弾んだ表情で、好調なのが伝わってくる。

　カウンターの壁には大きなポスターが貼ってある。ぱっと目を引くトリックアートで、端に「Teruya」とサインがあった。テルヤ。今、この画廊では彼の個展が開催されているところで、会場にはたくさんの客が展示作品に魅入っていた。

　中ほどの壁際で、パリッとした白いシャツの男性が客と何か話している。涼やかなその笑顔に見覚えがあった。テルヤだ。彼は去年、ニューヨークのアート展に参加して賞を獲っている。ネットニュースの記事で、彼の作品がいかに人々に愛されているか讃《たた》えられていた。

　マスターは最初から売れているアーティストに声をかけることはしない。まだ世の中にあまり知られていない、すごい才能を持っていながらうずもれてしまいそうな人材を見出《みいだ》すのがとても得意なのだ。マスターに声をかけられたことから大きく花開いていく画家が、これまでに何人もいる。

　テルヤもまた、そのひとりだ。この画廊で行われたグループ展に出品したのを皮切りに、彼は多くのメディアに取り上げられ、発表する場を増やして一躍有名になった。ここで個展を開くのは、彼にとって「里帰り」のようなものなのだろう。

「すごいな。いつも思うけど、マスターはどうやって才能を見極めてるの」

会場を見渡しながら僕が言うと、マスターは淡々と答えた。

「簡単なことだよ。技術的に上手いか下手かじゃなくて、どれだけ描きたいことがあるかだ」

そしてテルヤをじっと見つめながら、こう言った。

「俺、見る目だけはあるんだ」

満足そうな笑み。自分が表舞台に立って称賛されることには興味がなく、それよりも、発掘すること、着火すること、その人がうまく世に認められていくことが、うんと誇らしくて嬉しいらしい。

「テルヤには後でゆっくり紹介するよ。上がミーティングスペースになってるから、コーヒーでも飲もう」

マスターに促され、エレベーターに乗り込む。二階はいくつかのパーテーションで仕切られ、品のいいテーブルと椅子がそれぞれに置かれていた。一番奥の窓際まで行き、僕を座らせるとマスターは「ちょっと待ってて」と戻っていく。

すぐそばの壁に、僕が描いた大きな絵が特等席のようにどっしりと飾られていた。

僕がウェディングパーティーを開いた、シドニーにあるボタニックガーデンのアクリル画だ。妻のアツコは日本人で、翻訳の仕事をしている。今回の京都滞在も誘ってみたのだが、スケジュールが合わず残念がっていた。

思えば、マスターが世に送り出すのはアーティストだけではない。アツコが長年の夢だった翻訳家としての道を切り開いたのは、このウェディングパーティーでマスターと知り合ったのがきっかけだった。マスターが紹介してくれた出版社からまず下訳の仕事を受け、そこから少しずつ大きな案件も任されるようになり、思い切って持ちかけた児童文学書の企画で初めての翻訳本刊行を果たしたのだ。今ではたくさんの文芸書の翻訳を手掛け、時にはスクールで講師もしている。

マスターがトレイに載せたコーヒーを運んできた。

「アツコも京都に来られたらよかったね」

テーブルにカップを置きながら言う彼に、僕は答える。

「うん。でも仕事が忙しいのって、すごくありがたいことだって言ってたよ。翻訳家になるために十代のころから公募にトライし続けてたけど、ずっと落選ばっかりだったからね。こんなふうに思ってもみない形で翻訳家になれて、予想もしていなかったいろんな経験ができてすごく楽しいって。マスターのおかげだって、いつも感謝してるよ」

マスターは「それはよかった」と笑みを浮かべ、コーヒーを一口飲んだ。

「俺は思うんだけど、望み通り想定したままのことを手に入れたとしても、それだけじゃ夢が叶ったとは言えないんだよ。そんなふうに、どんどん自分の予想を超えた展開になって、それをちゃんとモノにしていくっていうのが、本当に夢を実現するってことなんじゃないかな」

そうかもしれない。

僕はうなずいてカップに口をつけた。美味しい。さすが喫茶店のマスターをやっているだけのことはある。

マスターはテーブルの上で腕を組み、楽しそうに話し出した。

「それにさ、アツコが翻訳家になれたのって、俺だけのおかげってわけじゃないよ。マークがいたから俺と会えたんだし」

「それもそうだね」

僕は満足して笑った。そう考えるのは嬉しい。僕もアツコの夢に参加できていたのだとしたら。

マスターは身を乗り出して訊ねてくる。

「ふたりはどうやって知り合ったの？」

「アッコには、グレイスっていう中学時代からのペンフレンドがいてね。グレイスに会うためにシドニーに来ていて、それで出会った」

「じゃあ、グレイスのおかげでもあるんだ。ペンフレンドって、なつかしいな」

アッコは中学生のころ英語クラブに入っていたと話してくれたことがある。顧問の先生が持ってきた姉妹校のペンパル募集のリストに、グレイスの名があったのだ。

そう伝えたらマスターは、「顧問の先生にも感謝」とおどけた。そしてさらに、わざと大げさなそぶりで両手を組みながらこう言った。

「じゃあその前の、アッコとグレイスの中学校を姉妹校として手を結んでくれた人にも感謝を……」

僕は大笑いして答えた。

「それはさすがに、誰だかわからないよ！」

マスターも笑って、そしてふっとまじめな顔になった。

「そうなんだよ、わからないだろ？　でも確実にいるんだ。さかのぼっていくと、繋がっている手がどこまでも無数に増えていくんだ。どの手がひとつでも離れていたら、ここにはたどりつけなかった。どんな出会いも、顔もわからない人たちが脈々と繋いできた手と手の先なんだよ」

なんだか胸を突かれて、僕はマスターを見た。彼はコーヒーカップを包むようにして両手を添え、ゆっくりと続けた。

「でも一番素晴らしいのは、遠いところで手を繋いできた人たちが、自分がどこかで誰かを幸せにしてるかもしれないなんてまったくわかってないことだね。それがいいんだ。自分の身の回りのことに取り組んだ産物が、あずかり知らぬ他人を動かしたってことが」


僕は唐突に、顔も知らないチャコちゃんのことを思った。

カンガルーと握手したいって手紙に書いたチャコちゃん。その願いを分かち合ったマスター。そこで初めて近づいたオーストラリア。

もしかしたらチャコちゃんは、僕とマスターを繋いでくれた最初の手を持った人かもしれない。

いや、待てよ。

マスターの説でいくと、まずその前にチャコちゃんとマスターを同じクラスにしたのは……。考えれば考えるほどキリがない、途方もない話だった。

「最初の手」なんて、ないんだ。

この世に生まれ落ちたときから、僕たちはただどこまでも繋がり続けている。

知らない誰かの手がここにたどりついたなら、この手の向こうにもまた、知らない誰かがきっといるのだろう。国を超え、時を超えて。

マスターのような「見る目」が、僕にあるかはわからない。でもね。

「僕、繋ぐ手だけはあるよ」

僕は、マスターに右手を差し出した。

マスターはニッと笑い、同じように右手をこちらに向ける。僕は握手しながら予感にも似た祈りを込めた。

彼のあたたかな手の先に、カンガルーの手もあるようにと。

11

まぼろしのカマキリ

（霜月・東京）

学校帰りに寄り道をしちゃいけないってわかっていたけど、でもしかたない。だって神社の前を通ったら、柵の向こうにびっくりするぐらいりっぱなカマキリがいたんだ。夏に隅田川《すみだがわ》の花火を見に行ったときに出会ったやつも相当大きかったけど、それ以上だと思う。十一月に入って、ぼくたちをときめかせる虫たちの姿をあんまり見かけなくなったころに、特大サイズの登場だった。

ゆうくんが大きな声を上げながら、神社の入り口にある低い階段を上っていった。ぼくも興奮しながら後を追う。「カマキリなんて、ほっときなさいよぉ」と言いながら、るるちゃんもついてくる。ぼくたちは幼稚園のころからの友達だ。

柵の手前にはツツジの樹が植えられていて、その大きな大きなカマキリは枝のところにたしかにつかまっていたはずだった。でもぼくたちが頭を寄せ合っていくら探しても、あのきらきらした丸い目玉も鋭くとがったカマも見つけることができない。

「どこに行っちゃったのかなあ。たっくんも見たよね？」

ゆうくんが腰をかがめて枝をがさがさと揺らす。ぼくも目をこらしてみたけど、あの堂々とした緑色のボスはまぼろしみたいに消えていた。

るるちゃんは境内を見やり、ちょっととくいげに言う。

「あたし、こないだの土曜日にここで七五三のお祝いしたんだ」

ぼくも五歳のとき、お父さんとお母さんと一緒に、この神社へ七五三のお参りに来た。ハカマっていう、スカートみたいに太いズボンをはいて。そのとき同じようなかっこうをしているゆうくんとも偶然会って、お母さんがスマホでふたりの写真を撮ってくれたっけ。ゆうくんも拓海《たくみ》もカッコいいわよって、何枚も何枚も。

ぼくはるるちゃんにきいた。

「女の子は小学生になっても七五三やるの？」

「うん。三歳と七歳の二回やるの。きれいな赤い着物を着て、髪の毛も結ったのよ。そのために、長く伸ばしてたんだから」

髪の毛を「ゆった」って、なんだろう。るるちゃんに教えてもらおうとしたら、ゆうくんが顔を上げてぼくに言った。

「あれ、ハラビロカマキリだったよね」

ぼくは首を横に振る。

「ううん、オオカマキリだよ、ぜったい」

　それを聞いて、ゆうくんは納得のいかない顔でまたツツジをのぞきこむ。つまらなそうにしていたるるちゃんがふと、ぼくのランドセルに目をとめた。

「たっくんの給食袋、かわいいね」

　るるちゃんはぼくがランドセルの脇に下げているきんちゃく袋を指さす。給食のとき机の上に敷《し》くナフキンと、口ふき用の小さなタオルが入っているそれは、みんながめいめいに自由なものを持ってきている。先週、テーブルに置いてあった袋にうっかりぶどうのジュースをこぼしてしまって、シミが取れなくなったので新しく替えたばかりだ。

　あかるい空色の布地に、ぼくの大好きな飛行機のワッペン。その後ろに、白い糸で刺繍されているひとすじの飛行機雲。ぼくもすごく、気に入っている。

「うん。はなえさんが作ってくれたんだ」

　ぼくのうちでは、お母さんが毎日会社で働いていて、お父さんは家で絵を描いている。ぼくが生まれたときから、ごはんを作ったり洗濯やお掃除をするのはお父さんの係だった。

でも一年ぐらい前から、お父さんに「出張」が増えた。お父さんの絵が遠くの町で飾られて、たくさんの人たちがそれを見に来るんだ。ぼくは英語なんてわからないけど、絵のすみに書いてある「Teruya」っていうのがお父さんの名前で「てるや」だってことなら覚えた。お父さんの絵は大勢の人に人気があって、お仕事の人と外で会ったり、みんなにお話をしてくださいって呼ばれたりして、お父さんが家にいられない日も多くなってきた。

それで、はなえさんがうちに来てくれるようになった。

お父さんもお母さんも忙しいときに、ぼくと一緒にごはんを食べたり、遊んだり、宿題を見てくれたりする。手芸が上手で、給食袋も「家にあまり切れがあったから」とプレゼントしてくれた。

「はなえさんって？　ああ、水泳教室にたまに一緒に来てる人？」

「うん」

そうだ。小学校に入ってから通い始めた水泳教室にも、送り迎えをしてくれることがある。るるちゃんもその教室に通っているから、何度か会ってはいると思う。あいさつぐらいで、ちゃんとしゃべったことはないかもしれないけど。

はなえさんは、ぼくのお母さんよりずっと年上で、おばあちゃんよりずっと年下だ。うんと前に、私にも高校生の息子がいるのよって言っていた。

「はなえさんって、誰なの？　親戚？」

るるちゃんはいつも質問ばっかりだ。ぼくはうまく答えられなくて、頭をなやませる。

ええと、シッターさん、だったかな。お父さんがたしか、最初にそう説明してくれた気がする。でもそれからはずっとみんなで「はなえさん」って呼んでいるから、ぼくにとって、はなえさんははなえさんでしかない。

ぼくは口ごもりながら答えた。

「親戚じゃない……けど」

「親戚でも家族でもないのに、抱っこなんてするの？」

抱っこ？

すぐにはわからなかったけど、少し考えたら思い出した。先週の水泳教室でのことを言っているんだ。

水泳はきらいじゃないけど、とくいでもない。クロールの息つぎがどうしてもうまくいかなくて、ぼくはずいぶん苦労していた。だからいっぱい、いっぱい練習した。やっとコツがわかってきて、先週、初めて二十五メートルを泳ぎきることができてすごくうれしかった。

その日の教室が終わって着替えをすませると、はなえさんがぱたぱた走ってきて、ぼくをぎゅうっと力いっぱい抱きしめて言った。

「がんばったね、たっくん、ほんとうによくがんばったね」

はなえさんは、にこにこしながら涙をぽろぽろ流していた。見学室のガラス窓から、ぼくのことをずっと見ていてくれたらしかった。

その夜、お父さんより早く帰ってきたお母さんに、はなえさんは身ぶり手ぶりでぼくのようすを話して聞かせた。そしてまた、にこにこしながら涙ぐんでいて、お母さんまで泣きだして、ぼくはてれくさかったけどうれしかった。

たしかに、はなえさんは、親戚でも家族でもない。その日だって、お母さんと一緒にお茶を飲んだあと、自分の家に帰っていった。

るるちゃんに言われたあのことを「抱っこ」というのかはわからないけど、幼稚園の年長さんのときに出会ってから、はなえさんにぎゅってしてもらうのも、一緒にお布団で寝るのも、ぼくはちっともおかしいことだと思っていなかった。

だけど、るるちゃんのふしぎそうな顔を見たら、なんだか急におちつかない気持ちになった。それってへんなことなのかな。ぼくはなにも言えなくて、そっぽを向いた。

そのとき、ざざっと土を踏む音がして、ぼくたちのところに、青い着物みたいな服のおじさんがやってきた。手には竹ぼうきを持っている。

「あっ、宮司さんだ！」

ゆうくんが飛びついていく。そういえばゆうくんは、お母さんと一緒にこの神社によく来るって言っていた。ぼくも、七五三のお参りや、初もうでのときに見たことがある。宮司さんは、ふっくらした笑顔をぼくたちに向けた。

「おやおや、ツツジの樹になにかいましたか」

「すっごく大きいカマキリがいたんだよ」

「へえ、カマキリ。十一月になってもまだいるんですねえ」

るるちゃんが首をすくめて言う。

「でも、見間違いかも。いくら探しても見つからないんだって」

「いたんだよ、ぼくもたっくんも、見たんだよ」

ゆうくんはムキになって、さらにツツジの植え込みをざくざくとかきわける。そして突然、「ああっ！」とさけんだ。

「いた？」

ぼくもゆうくんの手元に向かって首を突き出す。

「ううん、カマキリはいないけど、ほら」

ゆうくんがさっと人差し指を伸ばした先に、枝にくっついたうすちゃいろのかたまりがあった。カマキリの卵だ。

「ゆうくんたちが見たカマキリが、今この卵を産んだの？」

さすがにるるちゃんも目を見開いている。ゆうくんは卵から顔をそらさず、熱のこもった声で答えた。

「かわいてかたまってるから、けっこう前のだと思う。産んだばっかりの卵はもっとふわふわしてるはずだよ」

「じゃあ、お母さんカマキリが、卵が心配になって見に来たのね」

るるちゃんが両手をほっぺにあてた。ゆうくんは、うーん、と首をかしげる。

「そんなことあるかなあ。カマキリは卵産んだらどっか行っちゃうからなあ」

「そうなの？　じゃあ、誰が育てるの？」

びっくりした声でるるちゃんが言い、ぼくたち三人は、顔を見合わせて黙った。

卵から生まれてきたカマキリの赤ちゃんのそばには、お父さんもお母さんもいないんだ。なんだか急に、かなしい気持ちになってしまった。

宮司さんが、すぐそばですっとしゃがみこむ。そしてゆっくりとこう言った。


「みんなで育てるんですよ」


宮司さんのやさしい顔が、ぼくたちと同じぐらいの高さのところにあった。

るるちゃんが真っ先に質問する。

「みんなって、誰？」

少しだけもったいぶるみたいに、宮司さんは笑う。

「それは、みんなみんなですよ」

ぼくはいっしょうけんめい考えた。赤ちゃんカマキリを育てるのは、いったい誰なんだ？

言葉をひとつずつ区切るみたいにして、宮司さんはていねいに話を続ける。

「カマキリの赤ちゃんも、そこにあるツツジも、そしてあなたたちも同じです。生きているものはすべてひとしく、お父さんとお母さんにかぎらず、みんなみんなに育てられて大きくなるんですよ」

宮司さんは、しゃがんだまま空を仰いだ。胸の中にむくむくとなにかが浮かび上がってきて、ぼくはあたりをそうっと見まわす。

太陽。雲。風。

樹。草。花。鳥。虫…………。

「わたしもね、今だって、みんなに育ててもらっています。みんなっていうのは、もちろんあなたたちもです」

ゆうくんが、ええっと驚く。

「ぼくも宮司さんを育ててるの？」

「そうですよ」

「よくわからないなあ」

頭にげんこつを置きながら、ゆうくんが目をくりくりさせる。宮司さんは立ち上がり、ゆかいそうに体をゆすって笑った。

宮司さんの言っていることは、むずかしいなぞなぞみたいだ。でもなんとなく、なんとなくだけどね、わからないなりに、ぼくがいつも感じてることと近いのかなって思った。

はなえさんが来てくれるようになって、お父さんがたくさん絵を描けて楽しそうなこと、仕事で疲れているはずのお母さんが、とっても安心した顔ではなえさんとおしゃべりしていること。ぼくはそれが、すごくうれしいってこと。

だから、はなえさんにぎゅってしてもらうことや、それを喜んでいるぼくの気持ちは、やっぱりちっともおかしくないって、そう信じられる気がしたんだ。

ぼくは深呼吸して、もう一度あたりを見まわす。

ぼくを育ててくれてるのは。

太陽。雲。風。
樹。草。花。鳥。虫…………。

お父さん、お母さん、はなえさん。
おばあちゃん、おじいちゃん。
ゆうくん、るるちゃん、宮司さん。
学校の先生、クラスの仲間、水泳教室のコーチ…………。

かぞえきれないぐらい、たくさんいる。
ぼくをここに呼んでくれたまぼろしのカマキリも、みんなみんな。

12

吉日

（師走・東京）

窓の外を見ると、夕暮れの街に雪がちらついていた。

店先に置いたクリスマスツリーの電飾がちかちかと瞬き、年の瀬を知らせる。

十二月に入ってから、ことさら忙しくなった。ありがたいことだ、がんばらなくては。

僕は和服の襟をきゅっと正す。

老舗茶問屋、福居堂東京支店。オフィス街のビルの一階にある、小さな路面店だ。

「いつものこれ、ください」

抹茶五十グラム入りの箱を掲げ、常連客の朝美《あさみ》さんが言った。近くにある広告代理店で働くキャリアウーマンだ。プレゼンの帰り、会社に戻る前に寄ってくれたらしい。

「気に入っていただけたみたいで、嬉しいです」

僕は会釈《えしゃく》をして、レジカウンターに入った。向かい合わせになった朝美さんが言う。

「吉平さんが教えてくれた抹茶シェイク、すっかりはまっちゃって。会社の女の子たちにも好評よ」

「ええ、朝美さんに聞いたって、何人か来てくれはりました」

マグボトルに抹茶と水を入れ、シャカシャカとよく振るだけの簡単な楽しみ方だ。お湯でホットにしてもいい。朝美さんは財布を取り出しながら言う。

「あれなら面倒くさがりの私でもできて、美容にもいいし最高。吉平さん、はちみつ入れてもおいしいって言ってたでしょう。拓海にやってあげたら喜んで飲んでるわよ」

拓海くんは朝美さんの息子さんで、たしか七歳だ。小学生にも抹茶を気軽に味わってもらえるなんて、茶屋冥利に尽きる。

「ありがとうございます」

僕は会計を済ませると朝美さんに包みを渡し、深く礼をした。こんなふうに、お客さんに喜ばれたことに心が満たされる。僕なりにお茶の良さを伝えられたのかなと、嬉しく思う。

もうすぐ今年が終わる。たぶん、今までの人生で最も濃い一年間だった。

そっと、襟元に手を当てる。懐には大切なものが入っている。開店の日からずっと、事あるごとに僕を奮い立たせ落ち着かせてきた「お守り」だ。知らないこと、初めて遭遇することばかりの世界で、何度も助けられてきた。

　僕は物心つく頃から、与えられた境遇の中で過ごすことしか考えていなかった。見える景色も自分自身も、たいして変わらないまま時が過ぎていくものだと思っていた。

　あの日、半分開かれたドアから、彼女が入ってくるまで。

＊

「東京支店は、吉平、おまえにやらせることにしたで」

　父さんにそう言われたときの驚愕といったら言葉では表せない。ちょうど一年前、年末のあわただしい時期に、突然だった。

　京都に二百年前から店を構える福居堂は、製造から販売まで手掛ける茶問屋だ。代々続くこの家に生まれ育ったひとり息子の僕は、将来ここでこの店を継ぎ、京都でずっと暮らしていくのだと、一度たりとも疑ったことがなかった。

東京支店は四月のオープンが決まっていた。その件についてのもろもろは、従業員の豊島《とよしま》さんが任されているはずだった。豊島さんは、父さんが最も信頼を置いている四十代の男性社員だ。あまりにも衝撃的な展開に血の気が引くのを感じながら、僕はめったに出さない大声をあげた。

「支店を？　なんで僕が東京に行かされるん？　豊島さんは？」

次々に質問する僕に父さんはぴしりと、「豊島には豊島の人生がある」と言った。

豊島さんの奥さんが、妊娠したのだ。それまで子どもを授かることをあきらめていた夫婦に思いがけず訪れた幸福だった。そうとなれば見知らぬ土地に行くのは妻に負担だから、妊娠中も出産後も住み慣れた京都で家族一緒に過ごしたいという申し出だったという。

「めでたいことやで。祝福したりや」

めでたい。それはたしかに、めでたいことだ。だけど。

ちょっと待ってくれ、僕にも僕の人生がある。

京都から離れるなんて、まったく考えたことがなかった。正直なことを言えば茶問屋に対する熱意はさほどなかったけど、苦ではないという程度に取り組めていた。学校の成績が多少まずくてもまあなんとかなると思っていたし、大学もどこか出ておけばいいかぐらいで適当に選んだし、就職活動も必要なかった。このまま特にトラブルもなく、平穏に過ぎていけばそれでよかった。

それが三十歳を過ぎて今さら新しいことを始めるなんて、ほとんど恐怖でしかない。僕は気ぜわしい未知の東京で店長をやるようなタマじゃないのだ。

「ちょうど年明けに東京で茶協会の会合があるさかい。おまえ、俺の代わりに出席してきぃや」

有無を言わさぬ父さんからの「指令」に、僕は抗《あらが》えなかった。断れるほどの説得力を持った理由が、何ひとつ見つからなかったからだ。

東京には、家族ぐるみで懇意にしている知り合いがいた。

京都の画廊オーナーで、東京ではデザイン関係のほかに喫茶店経営など、いろいろな事業を手掛けているおじさんだ。みんな彼をマスターと呼んでいる。

会合は日曜日の午後に設定されていた。その一週間前に、年始の挨拶と言って電話をくれたマスターは「会合のあと、夕飯を一緒に食おう」と誘ってくれた。父さんが根回ししたらしい。なんだかんだ言ったたって、親父さんも吉平くんが心配なんだよと彼は笑った。

会合の日はホテルに一泊して翌朝京都に戻るつもりだったのだが、マスターにこんな提案をされた。

月曜日は彼の経営する「マーブル・カフェ」の定休日だから、ちょっとおもしろいことをやらないかと言うのだ。一日限りの「抹茶カフェ」。そんなに気の乗る話ではなかったけど、いいですねぇ、とだけ答えた。するとマスターはすぐに福居堂とも顔なじみの「橋野屋」に連絡をし、東京に住む娘の光都ちゃんに店まで和菓子を届けてもらう段取りまで組んだ。

店の定休日で、なおかつ宣伝もしないそのイベントに、客はほとんど来なかった。たった一組、三十代後半の夫婦が偶然前を通ったと言って、静かにゆっくりと会話しているだけだった。

久しぶりに会った光都ちゃんも仕事があるからと帰ってしまい、僕がウーンと伸びをしたときだった。

マスターが、ひょこりと席を立った。

そして入り口まで歩いていくとドアを少し開き、誰かと話し始めた。さっきまでカウンターで表には背を向けて座っていたのに、よく気がついたなと感心した。彼はそういう、不思議なアンテナみたいなものを持っている。話を終えたマスターが、こちらを向いた。そのとき。

半開きのドアから、女性客がひとり入ってきた。

赤いチェックのマフラーにうずもれた小さな白い顔に、黒目がちな瞳が潤んでいる。外は寒かったのだろう、鼻がほんのりピンク色だった。

…………かいらしぃな。

素直にそう思った。可愛いなってことだ。

僕は女の人と話すのが苦手だ。若い子は特に。

苦手というか、めちゃくちゃに恥ずかしい。絶対に目を合わせられない。昔から、女の子に顔をじろじろ見られたり気軽に話しかけられたりすると、どうしたらいいかわからずに、ついぶっきらぼうな態度を取ってしまう。それでいつも言われるのだ。冷たいとか、感じが悪いとか、怖いとか。怖い顔なのは生まれつきだ。僕のせいじゃない。

そういう経験を繰り返してきたせいで、せっかく近づいてきてくれても「どうせ嫌なヤツと思ってるんだろ」と身構えてしまってつっけんどんな対応になる。好意を持てば持つほどどうまく表現できない僕は、すぐに愛想をつかされてしまう。

だからもう、自分から関わることをやめた。いくら仲良くなりたいと思っても、こういう性格なんだからもう、どうしようもない。京都の本店には若い女性客が来ることなどめったになくて気楽だったけど、東京では多少の覚悟が必要かもしれない。

「いらっしゃいませ」

僕は水の入ったコップをテーブルに置いた。厚紙で作った簡易メニューを彼女に渡す。メニューは濃茶と薄茶しかない。どちらも和菓子付きだ。

これだけですか、と戸惑った声で言われて僕は「はい」としか返事ができなかった。それ以上あれこれ突っ込まれたらかなんなぁと思っていたら、彼女は不意に顔を上げた。

「じゃあ、濃茶で」

しまった、突然のことでうっかり目を合わせてしまった。猛烈な恥ずかしさがこみ上げる。僕は顔をばばっとそらし、「濃茶ですね」と復唱しながら急いでカウンターに戻った。

何をうろたえてるんだ、僕は。もう会うこともない、一日限りのイベントに来ただけのお客さんに対して。

自己嫌悪に苛《さいな》まれながら、カウンターの中で茶を点てる。いや、彼女は「濃茶」を頼んだから、点てるのではなく「練《ね》る」だ。

一般的な薄茶ではなく、苦味のある濃茶を選んだところを見ると、なかなかの通かもしれない。それとも、知らないのか。寒牡丹の練り切りを添え、濃茶を盆に載せて持っていく。マスターと軽く会話している彼女は、体があたたまったようで表情がやわらかくなっていた。

しかし茶碗に口をつけた瞬間、ぶへっ、と顔をゆがませた。通なのではなく、やっぱり濃茶を飲んだことがなかったらしい。慣れない人には受け付けがたい味だろう。まずすぎるってクレームが来るかな、とちょっとだけ思った。もしくは、激しく残してしまうか。

お湯を足しましょうかと声をかけようとして、踏みとどまった。果敢に挑んでいる彼女の姿を見ていたら、そんなことは無粋な気がしたのだ。

するとカウンターの端に置いていた僕のスマホが鳴った。父さんからの電話だった。年末にやっとガラケーから変えたばかりでうまく電話を取れずにいると、彼女がやり方を教えてくれた。おかげでなんとか電話に出られたものの、恥ずかしさよりも気まずさでいっぱいになる。

つくづく、スマホは使いにくかった。でかくて、画面に直接触れるというのがどうにも抵抗があった。やたらアップデートがどうのこうのとやかましいし、言いなりになったところでアプリの調子がかえって悪くなったりもする。マスター相手にぶつくさと文句を言っていたら、彼女がまっすぐな視線を投げかけてきた。

「スマホって、そもそも最初から最後まで未完成なんです」

はっとした。

最初から最後まで未完成。機械ではなく、人間のことみたいだと直感的に思った。

仕事でスマホを扱っているという彼女は、熱く語り始めた。

スマホ界は常に動いていること。どんどん変化していく環境に適応していくために、スマホもちょっとずつマイナーチェンジしていく必要があること。アップデートすることで不具合が生じることはたしかにあるけど、そういう失敗を重ねて改良されていくこと…………。

「そのままの姿で新しいことにトライしたり、できることが広がったりするって、すごく素敵なことだと思うんです」

目がきらきらしていた。彼女はスマホという存在への愛を訴えているだけなのに、そんなことはわかっているのに、なんだか自分に言われたように思えた。

父さんから自分にはまるで合わない無謀なことを押し付けられて僕は、ずっとふてくされていた。僕はこういう性格なんだから今さら自分を変えられないって、かたくなになっていた。だけど、変化していく環境の中で少しずつのマイナーチェンジは必要なことなのだと、そうすればできることが広がっていくのだと、励まされたような気がした。彼女の仕事に対する姿勢も胸を打った。店や茶に対して、あんな愛情のひとかけらも僕は持ったことがない。そのことが急に恥ずかしかった。

「…………おうす、飲まれますか」

僕はほとんど無意識に、そんなことを口にしていた。感謝の表れだったたし、彼女をもう少し引き留めておきたかったのかもしれない。

マスターの差し金で、彼女の前で茶を点てた。幼い頃から誰よりもたくさんこなしてきたことだ。僕が人に教えられるくらいにできるのは、これだけだった。

　軽い会話を交わしながら、自然と笑みがこぼれた。ちらっとだけ彼女の顔を見て話すこともできて、自分でもびっくりした。いつもは剥き出しになってしまう照れくささが、手触りのいい綿でくるまれているみたいだった。嬉しかった。たとえ一回きりの出会いでも。


　二月に入り、僕は自分が住む部屋を決めるために再び上京した。

　マスターが支店の内装の相談に乗ってくれると言うので、不動産屋を回ったあとマーブル・カフェで待ち合わせをすることになった。

　約束の午後四時、僕はマーブル・カフェを訪れた。

　マスターの姿はない。腰にサロンを巻いた青年が「いらっしゃいませ」と笑みを向ける。彼が、マスターが話してくれた雇われ店長のワタルくんだろう。接客業の鏡として、爪の垢をもらいたいぐらいの清涼感だ。

　客はまばらで、ちょうど老夫婦が会計に来たところだった。カウンター脇のレジで、ワタルくんが対応し始める。

奥の窓際席に、誰かがいた痕跡《こんせき》があった。ちょっと席を外しているという感じで、テーブルの上にはカップと本が置かれている。

椅子の背もたれのところに、マフラーがかけてあるのを見て僕は思わず歩み寄った。

これは……………。

あの「抹茶カフェ」の日、濃茶を注文した彼女のことが浮かぶ。赤いチェックのマフラー。よくある柄だ。広大な東京の街で、夥《おびただ》しい数の人がいる中で、こんな偶然がそうそうあるわけがない。だけどここは、彼女と出会ったマーブル・カフェだ。

心臓が早打ちする。まさか。

おずおずと隣のテーブル席に座ると、老夫婦の会計を済ませたワタルくんがトレイに水を載せてやってきた。僕はホットコーヒーを注文し、この席の客が現れるのをドキドキしながら待った。手に汗がにじんできて、思わずぐっとこぶしを握りしめる。

ドアが開いた。

栗《くり》色のロングヘアの女性だった。手にはスマホを持っている。たぶん外で電話をして、戻ってきたのだろう。そしてワタルくんと目を合わせ、一瞬だけ、やわらかくほほえみ合った。常連客らしい彼女は、迷うことなく僕の隣の窓際席に座った。

……………なんだ。違った。

赤いチェックのマフラーは、単に似ているだけだった。そもそも、そんなにはっきりと柄を覚えていた確信もない。自然とため息がこぼれて、彼女ではなかったことをこんなにがっかりしている自分に気がついて動揺した。ポコッと穴を空けられたようなこの感情は、いったいなんなんだ。

女性がふと、不思議そうに僕を見る。僕がマフラーをじっとりと見つめていたせいだろう。これじゃ変質者だ。あわてて弁解をする。

「すみません。知り合いのマフラーに似ていたので、まさか彼女なのかと思って」

ああ、と女性はやんわり笑った。

年は僕とそう変わらないぐらいで、カップの中はココアらしい。それにしても、きれいな栗色の髪だ。

「そういう素敵な偶然って、起きるときは起きますからね」

そう言いながら栗色さんは、トートバッグからレターセットを取り出した。

僕のところにコーヒーが運ばれてくる。テーブルに置かれただけで芳醇《ほうじゅん》な香りが立ちのぼってきて、僕はようやくほっと息をついた。

「…………縁があったのかな、なんて思ったなぁ」

ひとりごとなのか、栗色さんに話しかけたかったのか、自分でもよくわからない。どちらでもよかった。女性が苦手な僕らしくない行為だったけど、東京という街がそうさせたのかもしれなかった。栗色さんが穏やかに言った。

「会いたかったんですね、その方と」

その言葉に、ドキリと胸を打たれる。

そうか、そうだったんだ。激しく音を立てる心臓、汗ばむ手。体が僕に伝えていたのはそういうことだった。こんな気持ちになったことがなかったから、よくわからなかった。

栗色さんのほうをあらためて見ると、彼女は薄い便箋《びんせん》に万年筆で手紙を書いているようだった。紺のインクのなめらかな筆記体がちらっと見える。英語でエアメールか。かっこいいな。

「私ね、もう十年以上もこうして、ひとりの親友と文通しているんです。手紙の入った段ボール箱がいくつあるか知れないわ。彼女のところにも、同じぐらいの数があるでしょうね。それはもう、どっさり」

「十年以上も。すごいですね」

急に身の上話をしはじめた栗色さんに、僕は少々戸惑いながら相槌《あいづち》を打つ。彼女は書きかけていた紙をめくり、その下のまっさらな便箋を一枚外した。

「でもね、一枚一枚は、こんなに薄いのよね」

その薄いエアメールの便箋を、彼女はじっと見つめる。

「縁って、実はとても脆弱《ぜいじゃく》なものだと思うんです。どちらかが一度でもぞんざいな扱いをしたら、あっけなくちぎれてしまうぐらいに。ひとつひとつ交わす言葉や、わずかでも顔を合わせる時間や、相手へのそのつどの思いやりや……丹精込めて手をかけて、続いていくものなんですよ。こんなに遠く離れた、国籍や母国語の違う私たちを長い間繋げてくれているのは、この一枚一枚の膨大な積み重ねなんだと思います」

凛《りん》とした栗色さんの瞳が僕をとらえる。僕は思わず視線を外しながら、教えを乞うように問いかけた。

「その最初の一枚が見つからないときは……どうすればいいんでしょう」

つまり、また会いたい人がどこにいるかわからないときは。言葉を交わすチャンスさえないときは。

栗色さんは長いまつげで瞬《まばた》きをしたあと、にっこりと答えた。

「その人に対してちゃんと誇れる自分でいたらまた会えるって、私は信じています」


あのとき抹茶カフェで、僕が点てた薄茶を彼女はおいしそうに飲んでくれた。その安らいだ表情を思い出すと、蓋が開くようにして初めて胸に湧き出てくる熱いものがあった。

人においしく飲んでもらえるお茶を、そのひとときを、提供したい。

もしかしたら僕にだって、できるかもしれない。新しい場所でこそ、やれることがあるかもしれない。僕はそんなふうに、強く思い始めていた。


そう考えると、開店までに僕の課題は山ほどあった。

もう一度ちゃんと「茶」について勉強しなおす必要があったし、接客だって経営だって、説明して会計ができればそれでいいと思っていた僕は店長としてまったく不十分だった。

豊島さんにあらためてノウハウを伝授してもらえるようお願いすると、彼は少し驚いたあと「なんや、嬉しいなあ」と顔をほころばせた。僕に対していつもなんとなく距離を置いているふうだったのに。……いや、それは違う。これまで僕が誰のことも寄せ付けなかっただけだと、やっと気づく。

豊島さんは時々、奥さんの様子やおなかの赤ちゃんのことを教えてくれた。つわりがやっと終わりましたとか、男の子でしたとか。豊島さんの子がこのタイミングで生を授からなかったら、ぜんぜん関係ない僕の人生もきっと違っていたんやなあと、そう考えると不思議な気持ちだった。

祝福を受けたのは僕のほうかもしれない。何か、大きなものから。

店の外観や内装は、だいたいのところは豊島さんが進めてくれていた。本店をそのまま縮小したようなスタイルだ。

しかし店舗の面積がだいぶ狭くなるうえに周囲の雰囲気もまるで違う。なじみの顧客が多い本店と違って、東京では福居堂を初めて知る人もたくさんいるだろう。格式ばっていると思われがちな日本茶の店に、どう集客するかは大きな課題だと豊島さんは言った。

茶碗を手に眉をひそめて考えていると、抹茶カフェで薄茶を点てたときのことを思い出した。「Mの字を書くように」と説明したら、彼女はこう言っていたっけ。

……アルファベットが知られていなかった頃は、なんて説明したんですか。千利休とかは。

あの表情を思い描くと、ほわっと和んだ気持ちになる。千利休って。

「Mの字を書くように」というのは、抹茶を点てるときの伝え方としてよく使われる表現だ。それが一番わかりやすいからだろう。でもたしかに、アルファベットが日本にも浸透して、誰でも知っている時代だからこそ成り立つ言葉だった。

茶の世界もこんなふうに「アップデート」していくんやな……。変わっていく人々の暮らしに合わせて。

なんだかしみじみと茶碗を見ているうち、ふと思い立った。

今のみんなの生活に合わせた売り方を工夫して、もっとカジュアルに日本茶を楽しんでもらえたら。

忙しく働く人たちが毎日通りかかる、オフィス街のこじんまりした店。それなら、厳かな和の雰囲気を大事にしている京都本店とは趣向を変えて、明るくシンプルな店構えと内装にすれば入りやすいんじゃないだろうか。

高級品も尊重しつつ、普段使いの茶で、いろいろな味わい方を積極的にアプローチして……可愛らしくてリーズナブルな茶器や、日本茶にも合う洋菓子も並べるのもいい。日常に即した和洋折衷。

いてもたってもいられず豊島さんに相談すると、彼は僕の提案に大賛成してくれた。興奮しながら一緒に企画書を作り、父さんに持ちかけたのは翌日すぐだ。黙って話を聞いていた父さんは、静かな声でただひとこと、こう言った。

「おまえの店や。がんばれ」

それから僕は、寝ても覚めても店の準備にかかりきりだった。

もちろん、うまくいかないこともたくさんあった。そんなときはいつも彼女の話を思い出した。新しいことにトライするときは、不具合が生じることもあるのだと。失敗を重ねて良くなっていくのだと。そして実際にやれることがひとつずつ増えていく体感は、かつて味わったことのない、何物にも代え難い歓《よろこ》びだった。

不満と恐れしかなかったこの店に対してふくらむ希望、強くなっていく責任感。

間違いなく、僕は少しずつマイナーチェンジを繰り返していた。


そして迎えたオープンの日。

いろんな人たちと力を合わせて創り上げた店内を見渡しながら、僕は夢想した。

いつか。

いつか、彼女がこの店に気づいて……あるいは偶然に、来てくれるかもしれない。

その吉日まで、僕が彼女に対してちゃんと誇れる自分でいられたら。


開店時間の十時。

ごく数人のスタッフと軽いミーティングをし、「準備中」の札を外す。

緊張していた。でも、背が伸びるような高揚感もあった。それが今の僕には少しばかり心地よかった。

かたん、と入り口で音がした。こんなに早く、記念すべき一人目のお客さんが来たらしい。

僕はそちらに体を向ける。そして次の瞬間、息をのんだ。

半開きになったドアから、照れくさそうにのぞいている黒目がちな瞳。

彼女だった。

僕はぽかりと口を開けたまま立っていた。彼女はそろりと店の中に体を入れる。

僕が最初に発するべき言葉は、たったひとつだった。彼女に届くように、腹からなんとか絞り出す。

「いらっしゃいませ」

ようこそ、おいでやす。僕はあなたを――――。

待っていました。

「待っていました」

僕の心の声にぴたりと重なるように、彼女がそう言った。

待っていました？　それは僕のほうなのに？

驚いて立ち尽くしている僕のところに、彼女がゆっくりと歩いてくる。鐘が鳴るように胸が騒いでいた。

「私、マスターから福居堂の東京支店のこと聞いていたから。インターネットで調べて、この日をずっと待っていたんです。あの……これを、返したくて」

彼女は握りしめていた手をそっと僕のほうに差し出す。

手の中にあるのは、あの日、泣いている彼女に渡した僕の手ぬぐいだった。

「きっと会えるって、お守りみたいに持っていました」

彼女がふわっと笑った。やわらかくしびれるような感覚が、体の中心を走る。

紺の布地の隅には、白い糸で刺繍された僕の名前の一部。

細い細い糸が一本ずつたくさん集まって形づくっている「吉」という文字。美しくも脆弱なひとつひとつが、積み重なって成していくもの。

僕たちの最初の「一枚」を、彼女は大切に持っていてくれた。そしてこんなふうにちゃんと、繋いでくれた。

次は、僕の番だ。

僕も手を伸ばし、手ぬぐいを受け取る。

「ありがとうございます。これからは僕が、これをお守りにします」

懐に手ぬぐいを納め、僕は彼女の目をしっかりと見る。

互いの笑顔にタップされて、僕たちのアップデートも今、始まったみたいだ。

本書は書き下ろしです。

この物語はフィクションです。
作中に同一の名称があった場合も、実在する人物、
団体等とは一切関係ありません。

京ことば監修　こばやしあきこ

青山美智子（あおやま みちこ）
1970年生まれ、愛知県出身。横浜市在住。大学卒業後、シドニーの日系新聞社で記者として勤務。2年間のオーストラリア生活ののち帰国、上京。出版社で雑誌編集者を経て執筆活動に入る。デビュー作『木曜日にはココアを』が第1回宮崎本大賞を受賞。続編『月曜日の抹茶カフェ』が第1回けんご大賞、『猫のお告げは樹の下で』が第13回天竜文学賞を受賞。（いずれも宝島社）『お探し物は図書室まで』（ポプラ社）が2021年本屋大賞2位。『赤と青とエスキース』（PHP研究所）が2022年本屋大賞2位。他の著書に『鎌倉うずまき案内所』、『いつもの木曜日』（ともに宝島社）、『マイ・プレゼント』（PHP研究所）、『月の立つ林で』（ポプラ社）など。

月曜日の抹茶カフェ
（げつようびのまっちゃかふぇ）

2021年 9月23日 第1刷発行
2023年 3月11日 第6刷発行

著者 青山美智子

発行人 蓮見清一
発行所 株式会社 宝島社
〒102-8388 東京都千代田区一番町25番地
電話：営業03（3234）4621／編集03（3239）0599
https://tkj.jp

印刷・製本 サンケイ総合印刷株式会社

乱丁・落丁本はお取り替えいたします。

ISBN978-4-299-02028-4